Martin Kämpchen

Was das Leben leuchten lässt

MARTIN KÄMPCHEN

Was das Leben leuchten lässt

147 KLEINE ACHTSAMKEITEN

Vier-Türme-Verlag

Frage dich und frage dich immerzu, bis du eine Antwort findest.
Denn man mag eine Sache viele Male gewusst haben
und sie bestätigt haben.
Doch allein aufgrund einer tiefen inneren Bewegung,
allein aufgrund einer unbeschreiblichen Empfindung des Herzens
bist du zum ersten Mal überzeugt,
dass dir gehört, was du kennst,
und dass keine Macht der Welt dir dies nehmen kann.
Denn nur Wahrheit, die dich erhebt, ist Wahrheit für dich.

Søren Kierkegaard

VORWORT

Im Herbst 2015 erschien das Buch *Am Abend notiert*, das Aufzeichnungen aus den Jahren 2014 und 2015 wiedergibt. Daran schließt dieser Band an. Von Mitte 2015 bis Ende 2017 habe ich mir beinahe täglich Notizen über Begegnungen, Erlebnisse, Einfälle und Erinnerungen gemacht. Jedesmal stand ich vor der Entscheidung, was mir an jenem Tag wichtig und warum es mir wert war, aufgeschrieben zu werden. Ich wollte bewusst – und achtsam – den Tag erfahren und ihn, so weit wie möglich oder ratsam, gestalten. Daraus habe ich eine Auswahl getroffen und die Notizen zu 147 kleinen Kapiteln ausgearbeitet.

Ich will nicht mit autobiografisch Privatem langweilen, sondern jene Erfahrungen mitteilen, von denen meine Leserinnen und Leser profitieren können – die sie nachdenklich machen, auf Zusammenhänge hinweisen, die ihnen vielleicht bisher verschlossen waren, die sie zum Widerspruch reizen, Episoden, die ihnen amüsant erscheinen, ihnen auch von der Lebens- und Denkweise in Indien erzählen, jenem Land, dem die meisten Notate entstammen.

Während der Berichtzeit habe ich nicht nur in Santiniketan gelebt, dem Ort 150 km nördlich von Kalkutta, der seit fast vierzig Jahren meine Basis in Indien ist. Ich hatte das Glück, mithilfe eines Stipendiums des Indian Institute of Advanced Study anderthalb Jahre im Himalaja zu wohnen, genauer, in Shimla, nordwestlich von Neu-Delhi. Die klimatisch angenehme Stadt war die »Sommerhauptstadt« der englischen Kolonialherren. Als sie 1947 Indien verließen, wurde ihre Residenz, der Rashtrapati Niwas, in ein geisteswissenschaftliches Forschungsinstitut umgewandelt. In diesem Institut wohnte ich im Anblick schneebedeckter Berge und forschte für ein Buch über Rabindranath Tagore. Dort sind ebenfalls viele Kapitel dieses Buches entstanden. Aber ich war auch in Indien wie in Europa auf Reisen – viele neue Eindrücke sind entstanden. Immer häufiger weckten die Orte Erinnerungen. Einige, die allgemein interessant sind, gebe ich wieder. Erinnerungen machen die Erlebnisse der Gegenwart reicher, sie geben jenen eine weitere Dimension.

Der christliche und interreligiöse Hintergrund meines Lebens wird deutlich sowie mein Ringen, mit dieser Prägung das »rechte Leben« zu führen.

Ich danke dem Verlag, der die Fortsetzung von *Am Abend notiert* gutgeheißen und mich bei der Niederschrift bestärkt hat. Einen besonderen Dank an Frau Angelika Steinforth (Boppard), der ersten Leserin des Manuskripts, die es kritisch durchgearbeitet und zahlreiche Vorschläge zur Verbesserung gemacht hat. Wie in den vergangenen Jahren danke ich der Udo Keller Stiftung (Neversdorf) für ihre Unterstützung; durch sie war die Niederschrift dieses Buches möglich. Ebenso danke ich meiner bewährten Lektorin, Frau Marlene Fritsch, die das Projekt von Anfang begleitet hat.

Santiniketan, im März 2019

Martin Kämpchen

EUROPA

1

Gast in fremden Häusern. Häufig nehme ich die Einladung von Freunden oder von Freundesfreunden zur Übernachtung an. Es heißt, in Familien sei die Atmosphäre persönlicher, darum eben angenehmer und einladender als in der Anonymität eines Hotels; ganz abgesehen von den anfallenden Kosten im Hotel. In Edinburgh war ich Gast eines schottisch-indischen Ehepaares, beide Akademiker, sie sind gastfreundlich, aber auch sehr von einem eigenen Lebensstil geprägt. Wie so häufig übernehme ich das Zimmer eines der Söhne oder Töchter, die, erwachsen geworden, das Haus verlassen haben. Da stehen noch die Bücher der Halberwachsenen, Erinnerungsfotos an die Tapete gepickt, Stofftiere aus Kinderzeit, von denen sich keiner trennen wollte; gerahmte Fotos von verstorbenen Großmamas und Großpapas. Eine rote Karnevalsnase aus glücklich-ausgelassenen Tagen, Bleistifte, bis auf die halbe Länge heruntergeschrieben ... Da soll ich also schlafen. Das Bett ist frisch bezogen, blütenfrisch; eine zusätzliche warme Decke am Fußende und gefaltete Handtücher. Im Badezimmer wimmelt es von Tuben und Flaschen und Fläschlein und Düften. Da soll ich mich waschen.

Mir ist, als ob ich in das Leben anderer Menschen eindringe. Als sei ich Voyeur ihrer Sphäre, die zu privat ist, als dass man sie erkunden und verstehen möchte. Ich brauche lange, bis ich einen selbstständigen Gedanken fassen kann.

Ist das Hotel doch die angemessene Lösung? Seine Anonymität mag kalt sein, aber es ist frei von dem dichten atmosphärischen Netz, das einem in Familienhäusern die Luft abschneiden kann.

– Edinburgh (Schottland)

2

Mobile Standorte. Wenn ich Menschen auf ihrem Mobiltelefon anrufe, frage ich als Erstes: Wo bist du? Zu Hause? Auf der Straße? In welcher Stadt? Was tust du gerade? – Nicht, weil ich sie aushorchen will. Wichtig ist mir, dass ich die Gesprächspartner in ihrer Umgebung vor mir sehe. Ich will mich ihrer Situation anpassen. Wer auf der Straße steht, von hupenden Autos umkreist, kann keiner langen Erzählung zuhören. Wer auf dem Weg zu einer Konferenz ist, kann nicht, hastend, Treppen steigend, Türen öffnend, eine Entscheidung treffen. Mitteilungen der Freude oder Trauer gebe ich nur, solange der andere fähig ist, sie aufzunehmen und auf sie angemessen zu reagieren.

Das mobile Telefonieren ist ein vagabundierendes Telefonieren. Von irgendwo nach irgendwohin. Es ist eine Stufe entfernt von der gänzlichen Ortlosigkeit der Kommunikation. Dass ich aus meinem Kontext in einen anderen Kontext spreche und von dort wiederum Antworten empfange, sollte uns bei jedem

Gespräch bewusst sein. Dass sich der Ton der Stimme, die Atmosphäre des Gesprächs und gewiss sein Inhalt je nach Ort und Zeit und Umständen ändert, sollte uns selbstverständlich sein. Das ist es nicht mehr. Mit dem Menschen kommunizieren zu können, wo er auch ist, empfinden wir als eine Entfesselung der Kommunikation.

Stets erreichbar zu sein, stets andere zu erreichen, ist ein Ideal, das uns überfordert und unsere menschliche Situation nicht wertschätzt. Sich stets auf den Anrufer in Sekundenschnelle einzustellen, auf ihn präzise zu reagieren, soll von mentaler Agilität, schneller Reaktion und Entscheidungsfreude zeugen – also von jenen Fähigkeiten, die eine moderne Betriebswelt von Aufsteigern verlangt. Was aber wird missachtet? Die Notwendigkeit der Reflexion, die die Intuitionskräfte entzünden will, damit sie in eine reife Entscheidung einbezogen werden. Die Prozesse der Reifung bedürfen des Geschenks der Zeit.

– Brighton (England)

3

Das Atmosphärische. Kommen in Indien junge Menschen aus den Dörfern zu mir ins Zimmer, gibt es häufig lustige, fröhliche, manchmal bedrückende, selten langweilige Gespräche. Sie erzählen von der Schule, der Familie, der Feldarbeit. Viele, auch Menschen, die nie zur Schule gegangen sind, geben ihre Geschichten mit Sinn für Pointen und Witz wieder. Das erzählerische Verstehen des Lebens strömt in ihrem Blut. Es ist eine intuitive Intelligenz, die keine Prüfung abfragt und benotet, die jedoch Menschen ebenso auszeichnet wie Fachwissen. Ich frage zwischendurch: »Wolltest du mir etwas sagen? Gibt es etwas Bestimmtes?« – »Nein, nein«, sagen sie. »Ich wollte nur mal vorbeikommen ... Mal eine Tasse Tee mit dir trinken ...«

Zum Schluss, wenn ich einen Abschied ansteuere, weil doch meine Möglichkeiten, ein längeres Schwätzchen zu halten, begrenzt sind, kommen sie mit ihrer Bitte. Meist dreht es sich um Geld oder um Hilfe bei der Beschaffung von Jobs und Ausbildungsstellen. Sie tun so, als sagten sie es ganz nebenbei, im Abschiednehmen fangen sie damit an, als sei ihnen die Angelegenheit gerade eingefallen. Ich aber weiß, dass sie gerade um dieser Sache willen den Weg vom Dorf zu mir gemacht haben. Dann bitte ich sie, sich noch einmal zu setzen, und das Gespräch beginnt von vorn.

Warum das Wichtige zum Schluss? – Gewiss, um den Eindruck des Nebensächlichen zu erwecken. Also um nicht fordernd zu wirken, nicht die Dringlichkeit ihrer Not zu betonen. Die Grundhaltung ist höfliche Rücksichtsnahme, zu der arme Menschen fähig sind, bis ihnen das Wasser am Hals steht – etwas geradezu Heroisches an ihnen.

– Brighton

4

Politisch denken. Wer politisch denken kann, hat die Welt verstanden (heißt es). Politisch zu denken, bedeutet, Macht zu »verstehen«: Wie entsteht Macht? Wie wird sie wirkungsvoll ausgeübt? Wie soll man sie von den Machthabern annehmen, ohne sich selbst – die eigene äußere Unabhängigkeit und innere Freiheit – aufzugeben? Macht zu verstehen, bedeutet, das Zusammenspiel von guten und bösen Kräften, von positiven und negativen Wirkungen zu durchschauen und mit ihnen zum eigenen Nutzen umzugehen. Muss man selbst ein wenig böse sein, um sich in das Böse hineinzudenken? Muss man selbst Anlagen zur Bosheit haben, um Menschen zu führen? Ist Politik das Geschäft jener Menschen, die nur berechnender, aggressiver, mutiger sind als jene, über die sie ihre Macht ausüben? Wer die Macht nicht zumindest ein wenig genießt, versteht sie auch nicht, mag sie gar nicht verstehen.

Da ist etwas dran; aber es ist nicht alles. Im besten Fall ist der Politiker wohl ein Realist, der weiß, dass Menschen als Gesellschaftswesen ohne Machtausübung nicht das jeweils Mögliche erreichen werden.

Mir war die Politik immer fremd. Sie scheint mir mit dem Schicksal der Menschen zu spielen, sie hat also kein Ziel, das direkt verfolgt wird. Sie fliegt nicht wie ein Pfeil. Sie ist, im Tiefsten, ohne Verantwortungsbewusstsein. Wer so denkt und entsprechend handelt, gilt in der Gesellschaft als apolitischer »reiner Tor«. Für mich wird das Politische im Zusammenwirken der Menschen auf elementarer Ebene wichtig: in der Familie, unter Freunden, am Arbeitsplatz, auf der Straße ... Das anschauliche Geschehen unter Einzelnen, wo »Politik« erst im Miteinander von Gefühlen, Ideen und Ich-Süchteleien entsteht. Da möchte ich wirken und da möchte ich Einfluss ausüben. Diese Ebene des Politischen ist den existenziellen Fragen näher als die »große Politik« mit ihren öffentlichen Gesten.

– Boppard (Deutschland)

5

Das Unmögliche tun? Heini schreibt: Es gibt einen Bahnstreik in Deutschland? Macht nichts, wir fahren euch in Autos nach Österreich, damit ihr an dem Seminar im Waldviertel teilnehmen könnt! Wir machen das Unmögliche möglich!

Ich empfinde Hindernisse, die *von außen* kommen, eher als Warnung, dass man Zurückhaltung übt: Halt! Ist die Sache, die behindert wird, *gewollt*? Was bedeutet dieses Hindernis? Zunächst will es mir sagen, mich zu lösen, Nicht-Verhaftung zu üben, um dann noch einmal nachzudenken und zu entscheiden: Verzichte ich und gebe ab oder kämpfe ich um diese Sache, um mich durchzusetzen? Habe ich die Kraft und die notwendige Zeit, mich durchzusetzen, passt diese Anstrengung in meine Lebenssituation und allgemein in meinen Lebensplan? Heini dagegen sagt: Komme, was wolle, wir halten an unserem Ziel fest.

– Boppard

6

Landstreicher mit Hund. Da sitzt er wieder in der belebten Fußgängerzone: der Landstreicher mit seinem großen, prächtigen Schäferhund. Der Mann erfüllt im Aussehen das Klischee: langer, wüster Bart, unordentlich-schmuddelige Kleider mitsamt einem schweren Anorak, den er offenbar nachts über sich legt. Er sitzt auf einem Stück Pappe und raucht. Er raucht so gemächlich, als wolle er den ganzen Tag dasitzen und an dieser Zigarette saugen. Der Hund liegt, mit der Schnauze auf dem Boden, dicht am Körper des Mannes. Die Körper tauschen Wärme aus und gewiss nicht nur kreatürliche, sondern ebenso emotionale Wärme.

Selten sehe ich einen Landstreicher ohne Hund als Gefährten. Warum wohl? Weil ein Hund jenes vollkommen erfüllt, was unsere Gesetze fordern: einen Zustand »ohne Ansehen der Person« zu beurteilen. Der Mann ernährt, schützt, liebt den Hund; der Hund schenkt mit aller Treue, zu der er fähig ist, zurück, ohne das »Heruntergekommene«, »Asoziale« des Mannes zu beurteilen. Der Mann ist, für das Tier, einzig Liebender. Und umgekehrt.

– Boppard

7

Hinfahren und anpacken. Das entsetzliche Erdbeben in Nepal geschah erst vor einigen Wochen. Simon B. von den »Grünhelmen« fliegt nach Kathmandu, findet Mitarbeiter, sucht Material, und innerhalb einer Woche ist er in einem Bergdorf fünfzig Kilometer von Kathmandu entfernt und leistet Wiederaufbauarbeit. Hinfahren und anpacken. Menschen sind in Not, man muss etwas tun. Dieser total praktische Zugriff schafft Synergie, wo immer man sein mag, in Nepal oder Neapel. Der eine Helfer findet einen anderen, zusammen entdecken sie Material zum Aufbau, die Menschen im Dorf helfen plötzlich mit.

Simon fragt nicht, wie seine Hilfeleistung von der Öffentlichkeit bewertet wird, ob sie überhaupt an die Öffentlichkeit dringt und ob sie angemessen dargestellt wird. Menschen haben kein Dach, also muss ein Dach her.

Welches Zögern und Zaudern spüre ich dagegen unter den Menschen in meinem Lebensbereich, unter den Menschen in den Santaldörfern rund um Santiniketan. Am wichtigsten: Sicherheit! Deshalb: eine Anstellung, und sei sie noch so langweilig. Lieber das Leben kraftlos als Laufbursche in einer dunklen, verwahrlosten Regierungsstube verbringen, als sich für jene Inhalte und Werte einzusetzen, die einem wichtig und verteidigungswert erscheinen. Diese mangelnde Risikobereitschaft schafft keine Synergie, das Leben versickert ins Grau.

Immer wieder sage ich meinen Freunden in der Dorfarbeit: Mutig sein, risikobereit! Dieser Mut schafft seine eigenen Gesetze: Man wird niemals völlig alleingelassen, man wird immer seine Grundbedürfnisse befriedigen können. Anerkennung von außen mag lange fehlen und vielleicht niemals kommen. Aber das Wissen, man tut das Eigentliche, man lebt im Herzen der Welt, bewirkt eine eigene Befriedigung und seelische Kraft.

Verlange ich zu viel von ihnen? Können sie nicht, wie Simon, einfach anpacken? Müssen sie tatsächlich unseren Entwicklungskreislauf vollziehen, bevor sie zu diesem Mut fähig sind? Also zuerst das konventionelle Leben im *Mainstream* bis zur Sättigung mitmachen und sich dann auf das Eigentliche besinnen? Es ist ein ernüchternder Gedanke, dass die persönliche Entwicklung nicht abgekürzt werden kann. Was habe ich in diesen Dörfern also erreicht?

– Boppard

8

Abspeichern! Man erfährt von verschiedenen Ebenen der Politik und der Sozialkritik, dass das Internet und die von ihm ausgelöste Globalisierung des gesellschaftlichen Miteinanders verantwortlich sind für die weltanschauliche Desorientierung vieler Menschen. Zu viel stürmt zu rasch auf die Menschen ein: Informationen, Meinungen, Propaganda, Demagogie, Hass. Man weiß nicht zu filtern, bleibt da und dort im Internet hängen; man nennt es elegant *surfen*, vermag sich aber in der unstrukturierten Masse des Angebots keinen Überblick, geschweige denn ein Urteil zu verschaffen. Heutzutage hat fast jeder mit dem Smartphone die Welt in der Hosentasche. Dieses Gefühl der Macht, dieses Bewusstsein, auf Knopfdruck sofort überall sein zu können, ist eine Verführung neuer Art, der, wie ich sehe, auch reifere Menschen nicht widerstehen – nicht widerstehen wollen und nicht können. Das Ergebnis kennen wir alle, eben die Ohnmacht des Ausgeliefertseins. Und dann kommt ein Kurzschluss, um sich aus dieser Ohnmacht zu befreien: die Suche nach sozialromantischen Lebensmodellen. Dazu gehören auch Islamismus, Terrorismus, politischer und gesellschaftlicher Populismus.

Eine Folge ist ebenfalls: die Sprache des Internets überschwemmt die Alltagssprache. Plötzlich will man etwas »im Kopf abspeichern«. Wie sehr sich Gehirn und Computer unterscheiden, wie sehr der Kopf dem Computer überlegen ist, immer noch, diese Erkenntnis geht verloren. Man erniedrigt sich zur Maschine. In der Internetsprache kommen »Herz« und »Seele« nicht vor.

– Boppard

9

Logik des Helfens. Geld sammeln für die Erdbebenopfer in Nepal. Ich merke, dass ich nicht um Geld bitten kann, weder für mich selbst noch für andere, was doch einfacher sein müsste. Wenn die Menschen nicht *spüren*, dass sie dieser Notsituation abhelfen können und es deshalb auch tun, scheue ich davor zurück zu sagen: Gebt was!

Ich habe über Madan, meinen ehemaligen Bergführer, Kontakt zu Nepal, auch zu Dörfern, die beschädigt sind, in denen die Familien immer noch außerhalb der Häuser kampieren, in der Furcht, sie könnten einstürzen und sie begraben.

Was tun? Das Geld muss »von allein« kommen, das heißt, ohne gezielten Spendenaufruf. Wer reinen Herzens ist, dem wird nichts fehlen, auf den bewegt sich Hilfe zu, der zieht alles, was er wirklich braucht, an. Das ist eine spirituelle Logik, die ich von Anfang befolge. Sie wird nicht im Rahmen großer Projekte und Hilfsmaßnahmen gültig sein, wenn die Werbetrommel gerührt werden muss. Doch für mich als Einzelnen ist diese Logik, wenn sie greift, die Garantie, dass ich es richtig mache, ohne Gier und Ego.

– Boppard

10

Im Zug. Unterwegs nach Wien. Nach dem deutschen Bahnstreik volles Abteil. Ich habe zwar einen Sitzplatz, aber um mich herum ist es unruhig. Menschen auf der Suche nach einer Sitzgelegenheit quetschen sich durch, andere stehen gequält, ohne Hoffnung, bis Wien sitzen zu können. Sie sind es nicht gewohnt, lang zu stehen. Kinder wollen am wenigsten die Enge annehmen. Da plappern und zetern sie, rennen zwischen den Menschen umher; fürs Versteckspiel ist ein überfülltes Abteil ein idealer Platz.

Mir stellt sich die Aufgabe, diese paar Stunden nicht unnütz, nicht nur abwartend, nicht in der Irritation zu verbringen, sondern sie zu gestalten: Menschen beobachten oder aber sich abkapseln und lesen und schreiben. Die Konzentration fällt mir schwer, weil mich die Geräusche, die Bewegungen immer wieder zur Neugier verführen, »Welt« zu erfahren. Aber zur stillen Beobachtung spüre ich ebenso keinen Antrieb, weil auch dazu Rückzug aus dem Geschehen notwendig wäre, nämlich Konzentration. Darum Augen zu und dösen? Das eben wollte ich vermeiden.

Im Zug oder Flugzeug muss ein Sitz neben mir frei bleiben, wenn ich lesen oder schreiben will. Der fremde Nachbar, womöglich einer auf jeder Seite, stört immer. Er sitzt zu nahe, als dass ich mich innerlich vor ihm zurückziehen könnte, um mich dann frei für Eigenes zu fühlen.

– Wien

11

Einmal im Jahr! Ein paar Tage in Wien sein, jedes Jahr. Das rettet mich. Wie nirgendwo sonst lebe ich hier in meiner Vergangenheit, das heißt, spüre ich die Düfte, die Atmosphäre, die inneren Bilder meines Lebens. Nicht nur die Intensität des Gegenwärtigen, ebenso die der vier Studienjahre in dieser Stadt und meine zahlreichen Besuche danach drängen in mich hinein. Die Kämpfe der Jugend, ihre Sehnsüchte, auch mein spirituelles Aufwachen ballen sich zusammen wie ein Knäuel aus Garn. Die Gassen des ersten Bezirks habe ich oft im Unterbewusstsein, in den Träumen, in meinen unerfüllten Wünschen durchstreift.

Wien ist einfach geordnet. Den ersten Bezirk grenzen die Ringstraße und der Donaukanal ein. Außerhalb des Rings schließen sich die weiteren Bezirke an, eingefasst von der Gürtelstraße. Jenseits des Gürtels folgen die Außenbezirke, die nicht zur Innenstadt zählen. Vom Gürtel hin zum Ring laufen große Straßen. Den ersten Bezirk durchschneidet die Kärntnerstraße bis zum Stephansdom, der seiner Bedeutung entsprechend den Mittelpunkt des Bezirks bildet.

Das Amorphe anderer Großstädte, etwa von Berlin, schreckt mich, der ich ein schwach ausgebildetes Orientierungsvermögen besitze, ab.

Kaum in Wien eingetroffen, zieht es mich zum Judenplatz im ersten Bezirk. Ein historischer Ort, von der Synagoge, dem Museum auf dem Judenplatz, dem Verwaltungsgericht, der ehemaligen Böhmischen Hofskanzlei und weiteren ehrwürdigen klassischen Gebäuden umschlossen. Eine Hälfte dominiert ein Mahnmal für die ermordeten Juden im Zweiten Weltkrieg: ein Beton-Kubus, der außen aufgestapelte Bücher suggeriert, also eine Bibliothek andeutet, die heiligen Bücher des Judentums. Nicht dynamisch, nicht ästhetisch, kein Gefühl ausdrückend, ist er nur ein grauer, mahnender Block. Die andere Hälfte des Platzes überragt eine überlebensgroße Statue von Lessing, dem Schöpfer der Ringparabel, die unentschieden lässt, welche der drei monotheistischen Religionen Vorrang hat.

Der Judenplatz liegt versteckt, keine Autos; der Verkehr strömt am Platz vorbei, der Zugang nur über schmale Gassen. Das vornehme italienische Restaurant Da Conte hatte sich an einer Ecke etabliert. Es war zu teuer für mich, viel zu teuer. Trotzdem *musste* ich einmal im Jahr dorthin gehen, um zu essen, häufig auch mit Georgine. Es gab keine Menükarte; der beleibte italienische Chef, sanguinisch und jovial, setzte sich an den Tisch und besprach, was man essen wollte. Konnten sich die

Gäste nicht entschließen, blickte der Mann sie an wie ein Heilpraktiker und sagte: »Ich glaube, *das* wird Ihnen schmecken ...« und nannte seine Wahl. Georgine regte sich einmal über seine geschäftstüchtigen Anbiederungen auf. Ich mochte sie – als Spiel, als Spaß. Wenn es sommerlich war, saß ich draußen und hatte die Lessing-Häfte des Platzes im Blick. Es war mir wichtig, dass ich bei dieser Mahlzeit den Judenplatz betrachten konnte, die Menschen beobachtete, die, etwas verloren, etwas stockend, über den leeren Platz liefen.

Man aß nicht, man »speiste«, und zwar zwei Stunden lang, denn natürlich wurden die Gerichte frisch zubereitet. Und diese zwei Stunden waren eine Zelebration, ein Kunstwerk. Unerklärlicherweise suchte ich diese Feier gerade auf diesem melancholischen, von tragischer Geschichte bedrängten Platz. Eine lang ausgekostete Mahlzeit gehört wohl zur Trauer wie zur Freude. Die Mahlzeit veredelt beides, falls man bereit ist, sich Zeit zu lassen. Die Trauer wird milder, die Freude wird verhaltener, köstlicher, verinnerlichter.

Dann geschah es, es war 2009. Wieder war ich schnurstraks zum Judenplatz gelaufen und sah auf den ersten Blick: Da Conte hatte aufgehört. Innen alles ausgeräumt, Gerümpel. Namensschild weg, draußen die Tische, Stühle und Buchsbäume weg – leer! Georgine wollte mich überreden zu glauben, es werde nur renoviert. Aber würde man dann das Namensschild herausreißen? Gegenüber im Bio-Restaurant spekulierte man: Vielleicht Konkurs, vielleicht nur *so* aufgehört, vielleicht zurück nach Italien ... Es war ein Schock.

Thomas Frankl blieb. Seine Galerie »Wider das Vergessen« wenige Häuser von Da Conte entfernt, stellt Werke von Thomas' Vater, Adolf Frankl, aus, der dem Konzentrationslager lebend und malend entkommen ist und – nur malend – das Trauma der Todesmaschine überwinden konnte. Es ist keine große Kunst. Kann man über das KZ »großartig« malen? Das war seit der Studienzeit in Wien meine Frage. Aber es ist eine Tatzeugenkunst, der den inneren Kampf, die entsetzliche Zerreißprobe, der der Lebenswille im KZ ausgesetzt war, in Farbe widergibt. Nicht immer treffe ich Thomas. Einmal war er im Krankenhaus, dann verreist zu einem Vortrag, aber ich konnte Grüße bestellen. Wenn Thomas in der Galerie war, erkannte er sofort den Gast aus Indien, und es gab ein langes Gespräch.

– Wien

12

Hier liegt Frau Doktor Sowieso. Eine Erinnerung. Wien, meine Universitätsstadt. Nicht nur in den Räumen der Universität lernte ich; die Stadt lehrte mich die Kultur des Lebens wie keine andere. Ich war unstillbar hungrig unterwegs. Zu den Theatern, in die Oper, in die Konzertsäle, in die Museen, durch die Straßen der Außenbezirke, jene Straßen, an deren Häusern es rechts und links von Plaketten wimmelt, die Besuche von Musikern, Künstlern und Politikern verewigen.

Es gab ein unruhiges, weites Netz kultureller Verbindungslinien, das mir Wien offenlegte und die Welt erklären wollte, immer verschieden, immer neu überzeugend, aber niemals endgültig. Ich hatte nur wenige Freunde. Zwei blieben übrig, nachdem ich in Indien ein so anderes Leben zu führen begann. Pierre und Ingrid.

Sie wohnten in einer riesigen, halligen Wohnung in der Maria-Theresien-Straße mit Räumen wie Dome und holprigem Holzboden, der schallte unter unseren Schuhen, als marschiere eine Armee. Wir drei besuchten gemeinsam das germanistische Oberseminar in Wien, dann das Dissertantenseminar. Ingrid schrieb über die Dekadenz in der österreichischen Literatur, ach, ein Thema, dem man sich in den hohen Hallen so recht hingeben konnte. Oft kam ich spätnachmittags vorbei, um ihr Abendessen zu teilen. Pierre half, wegen seiner umgebundenen Schürze wortreich beschämt, in der Küche mit. Um nicht aus seiner Rolle als Dissertant zu fallen, sprach er beim Auftischen des Tomatensalats von Adalbert Stifter (dem so ein kleiner, empfindsam gewürzter Salat auch gemundet hätte). Weißwein und schließlich Rotwein folgten, immer waren es österreichische, denn neben dem Franzosen und mir musste sich Ingrid, die Österreicherin, ehrenvoll behaupten. Es wurde spät, bis wir Adalbert Stifter und Hugo von Hofmannsthal und Arthur Schnitzler abgehandelt hatten und die mal bissigen, mal schwärmenden Aufwallungen wieder geglättet waren. Vergessen war, dass ich eigentlich hatte rüberlaufen wollen zum Burgtheater, um das neue Stück anzuschauen. Der Schlips war in der Sackotasche, das weiße Hemd schon am Leib, denn damals musste man sich noch fein machen, um die Burg betreten zu dürfen. Vergessen war auch, dass mein Fahrrad an der Maria-Theresien-Straße lehnte. Zwar gibts keine Promilleregel für Radfahrer, aber wer radelt, weiß: Das Gleichgewicht auf zwei Rädern zu halten ist komplizierter als auf vier. Ich erinnere mich, dass ich das Rad nachts durch die gesamte Innenstadt zum dritten Bezirk, wo ich wohnte, geführt habe, mehr als einmal.

Peter promovierte als Erster, danach kam ich dran. Mein Weg führte weiter nach Indien, von dort korrespondierte ich mit beiden. Einmal schickte Ingrid mir einen Aufsatz über »Aspekte der literarischen Dekadenz bei ...« – über einen österreichischen Kleindichter. Sie schickte mir eine Postkarte aus Budapest, wo sie auf einem Kongress einen glänzenden Vortrag gehalten habe, dann kam eine Karte aus Krakau, oder war's Preßburg? Beinahe jedes Jahr besuchte ich Wien und schwang mich die Treppe zum sechsten Stock in die Dome hinauf. Ich wagte sie aber nicht zu fragen, ob ... Ingrid war Lektorin an einem amerikanischen College geworden, animiert plauderte sie von ihren Kursen. Mit den Jahren verlor sich die Beziehung. Sie war umgezogen und eine fremde Stimme meldete sich am Telefon. Die wusste die neue Adresse nicht.

Als ich letztes Jahr drei Wochen in Wien verbrachte, machte ich mir die kleine Mühe, im Telefonbuch nachzuschlagen. Damit gerechnet hatte ich nicht, aber ich fand sie. Sie antwortete und erkannte mich sofort. Ein Dutzend Jahre wird es her sein. Ich besuchte Ingrid in der hellen städtischen Mansarde, die sie mit Glück ergattert hatte (wie sie schon an der Tür erzählte). Ich ließ mir mein Erschrecken über ihr Aussehen nicht anmerken, hoffe ich jedenfalls. Ihre blonden Haare aschen, ihr Gesicht eingefallen, ihre Zähne wie Ruinen. Doch derselbe fröhliche Ton und das österreichische Talent zur Begeisterung! Mit einer miesen kleinen Rente hatte sie sich zurückgezogen. Bei einer schweren Operation hatte man ihr kreuz und quer den Leib aufgeschnitten. Nach Pierres Auszug hatte sie keinen Partner mehr bekommen. Pierre hatte eine Landsmännin geheiratet. Ingrids neue Entdeckung war Russland. Nachdem sie den Schock der Schnitte überwunden hatte, war sie nun im Begriff, nach Moskau aufzubrechen. Sie spreche schon passabel Russisch und studiere das Werk eines gewissen russischen Lyrikers – wohl auch ein Kleindichter. Und dankbar war sie geworden, immer wieder hörte ich erschrocken vom Dank gegenüber diesem und jenem für diesen kleinen Dienst und jene Gefälligkeit.

Ingrid hatte sich wieder an der Universität eingeschrieben. Das war der Augenblick, an dem ich sie fragen konnte: »Und deine Dissertation?«

»Über Dekadenz? Die liegt unter der Geschichte der letzten zwei Jahrzehnte begraben. Ich will über diesen russischen Lyriker promovieren. Ich glaube, mein Professor wäre nicht abgeneigt.«

»Du willst also immer noch Doktor werden?«, fragte ich ungläubig.

Ingrid schaute mich drei Augenblicke nachdenklich an und lächelte mit schiefem Mund. Sie sagte: »Ich wollt' schon gern mein Leben als ›Frau Doktor‹ beschließen. Den Grabstein *Hier liegt Frau Dr. Ingrid …* würd' ich mir dann noch selbst bestellen.«

– Wien

13

Mit-Leid. Die christliche Vorstellung, das »Leid der Notleidenden zu teilen«, mitzuleiden, wo Leid herrscht, ist eine sentimentale Verlockung, nützt uns aber im alltäglichen Leben nicht. Wenn Jesus Christus das Leid der Welt teilt, wenn er, der Gottessohn, sich in das Leid der Menschen begibt, nicht nur, um es auf sich zu nehmen, sondern um dadurch das Leid fruchtbar für uns als geistige Menschen zu machen, dann fühle ich mich getröstet und angenommen und feiere Gott, der sich erniedrigt und dadurch die Menschen erhöht. Aber können wir Gott nachahmen? Können wir durch Mit-Leiden das Leid verklären? Wird Mit-Leiden das Leiden anderer Menschen erleichtern, kann es sie wirklich trösten?

Ich wünsche mir Stärke angesichts des Leidens; anstatt es zu romantisieren, was niemanden aus dem Leid erlöst, will ich mich gegen das Leid helfend einsetzen. Das geht nur, wenn man sich selbst mit Mut und innerer wie körperlicher Kraft dagegen wehrt. Der Körper Christi ist nicht nur der gekreuzigte, sondern der auferstehende, verklärte Körper, der gesunde Körper! Die Kreuzigung ist der not-wendige Übertritt.

Mutter Teresa ist oft beschuldigt worden, das Leid ihrer Patienten zu verklären, also den Schmerz nicht ernst zu nehmen und ihn nicht wirklich lindern zu wollen. Zu dieser Interpretation hat sie Anlass gegeben. Doch Tatsache ist, dass sie die Kranken und Sterbenden von den Bahnhöfen und Bürgersteigen aufgesammelt hat, damit ihr Leid weniger wird und ihr (gesundes, ganzes) Menschsein im körperlichen Leid nicht ausgelöscht wird.

– Boppard

14

Niloy in Aachen. Nach Aachen, um Niloy zu treffen. Er ist ein Flüchtling aus Bangladesh, der mit fünfzehn Jahren seine Heimat verlassen musste. Sein Vater, ein Oppositionspolitiker, wurde verschleppt, und bis heute weiß niemand, ob er lebt, und wenn, wo. Seine Mutter wurde bedroht: Das nächste Mal holen wir deinen Sohn! Sie bekam Panik. Sie ließ sich auf Männer ein, die versprachen, ihrem Sohn ein Visum für Europa zu verschaffen und ihn dort in »geordneten Verhältnissen« unterzubringen. Sie bezahlte ihnen eine hohe Summe. Einer flog mit Niloy nach Rom, begleitete ihn aus dem Flugzeug durch die Passkontrolle und sagte dann: Warte, ich geh rasch zur Toilette – und kam nicht zurück. Niloy wurde ohne Pass, ohne Geld, ohne sonstige Papiere im Flughafen Rom alleingelassen. Niloy, das verwöhnte Kind der gehobenen Mittelschicht, das Muttersöhnchen, der gutaussehende, schicke junge Mann, der gern Model werden wollte (wie er mir später erzählte), das fünfzehnjährige Kind wurde ausgesetzt wie Moses im Schilfkörbchen.

Niloy schlug sich durch, lernte in Rom Bangladeshis kennen, die ihm mit Rat und ein paar Geldscheinen halfen. Er fuhr im Zug nach Frankreich, nach Belgien, dann weiter nach Deutschland. An der Grenze wurde er aufgegriffen. Als »unbegleiteter Minderjähriger« traf er es gut. Er bekam sofort einen Heimplatz, einen Vormund, dazu einen Betreuer. Er konnte sicher sein, nicht abgeschoben zu werden, bevor er volljährig war. Er brauchte nicht in einem Flüchtlingslager mit vielen anderen zu wohnen, sondern bekam mit zwei Jungen aus Afrika eine Wohnung, in der er sein eigenes Zimmer bezog. Er besuchte eine Sonderschule für Flüchtlinge. Deutsch lernen, das war die erste Notwendigkeit. Nur so konnte Kommunikation, würde Integration gelingen.

Niloy ist ein fröhlicher Junge, höflich und aufmerksam, gut erzogen. Darum sind ihm alle in der Schule und seine Betreuer wohlgesinnt. Aber der Junge ist langsam, er schläft viel, an Wochenenden bis in die Mittagszeit, er entwickelt geringe Eigeninitiative, seine Deutschkenntnisse kommen nicht recht voran. Abends hockt er mit anderen Flüchtlingen zusammen, darunter auch Bangladeshis, um zu schwatzen. Das braucht er, doch es ist unergiebig.

Wie kann man ihn weiter fördern, ihm Anreize, eine Vision für seine Zukunft geben? Paul, sein Vormund, erzählte mir von Niloy am Telefon. Wir kamen überein, dass ich ihn treffe. Mit mir kann er sich auf Bengalisch aussprechen, das ist der Vorteil.

Spontan fassen wir Vertrauen zueinander. Ich fühle so etwas wie Verantwortung für ihn. Wie gut ich ihn verstehe! Dass er fast täglich seine Mutter – die geliebte Ammu – anruft und dafür sein letztes Geld hergibt; dass er Ammu in Aachen aufs Wort folgt, obwohl sie die Situation ihres Sohnes nicht überblicken kann; dass er träge ist, auf Anregungen wartet, anstatt sie zu suchen. So ist er aufgewachsen, so hat er sich wohlgefühlt, als er sich noch im Nest der Familie tummelte. Ist Niloy traumatisiert?, frage ich Paul. Hat er Ängste? Wohl nicht. Oder?

Niloy bereitet uns eine leckere Abendmahlzeit, isst selbst mit und strahlt mit seinen weißen Zähnen und guten Augen, als wir seine Kochkünste loben.

Als meine Aufgabe sehe ich es an, ihm erstens klarzumachen, wie gut er es in seinem Unglück getroffen hat. Bekäme er so viel und so kompetente Betreuung in Dhaka? Schau dir andere Flüchtlinge an, Erwachsene, die mit Familien leben und in gedrängten Unterkünften wohnen und einfach nur warten .... Zweitens, dass wir ihm die Familie nicht ersetzen können, wir ihn aber schätzen und ihn weiter unterstützen werden; dass er uns als junger Mensch in seinem Schicksal anrührt. Das ist das Nächstbeste nach einer Familie.

– Aachen

15

Beim Bäcker. Die Routinefrage: »Soll das Brot aufgeschnitten werden?« – Ich wehre stets theatralisch ab: Nein, um Gottes Willen! Das Brot will ich selbst Scheibe um Scheibe schneiden. Darin liegt die Geste des Teilens, auch wenn kein Zweiter anwesend ist. Darin liegt das Symbol des Ganzen, das seine Teile ausschenkt; im Schneiden liegt das sinnenhafte Erlebnis, wie ein Volles Scheibe um Scheibe weniger wird und sich schließlich erschöpft. Zuerst der Zusammenhalt des Ganzen, dann das Auseinanderbreiten, um dem Leben zu dienen.

Die Geste des Brotsegnens. Als Kind erlebte ich, wie Mutter mit der Spitze des Brotmessers auf die Unterseite des Laibes ein Kreuz zeichnete, bevor sie das Brot anschnitt. Und es geschah nur beim Brot – nicht bei Fischen, nicht bei Fleisch, nur bei Brot.

– Boppard

16

Auf Abruf leben. Ich denke an Menschen, die früher meine Freunde waren, die ich aber schon lange aus den Augen verloren habe. Der Ghanaer Alex Amui, der in Gießen Medizin studierte, als ich noch Schüler in Boppard war, der eine Deutsche heiratete und sich als Gynäkologe in Norddeutschland ansiedelte. Die Freundschaft hatte keine Kraft mehr und verlief. Ich habe keine Adresse, keinen Anhaltspunkt, wie ich ihn finden könnte. Oder Herr Ko, der Koreaner, den ich an der Universität Saarbrücken kennenlernte, der unglücklich, unruhig, suchend war und die deutschen Worte nicht ausspucken konnte. Oder einige meiner Lehrer in Wien. Was machen sie? Leben sie noch? Die Erinnerung wird unruhig, wenn sie diese entscheidende Frage nicht beantworten kann. Leben sie? Erinnerungen entwickeln sich anders, wenn sie begreifen, dass das Leben der Menschen abgeschlossen ist. Sie sind milder, versöhnlicher, sie sind melancholischer, sie wehren Fantasien und Spekulationen ab. Die Erinnerungen suchen nicht nach ihrem Fortgang.

Warum fühlen wir uns, insgeheim, unsterblich? Weil wir Menschen um uns weggehen sehen, wir aber überleben. Unseren Tod können wir nicht von außen erleben, wie wir so vieles erleben können, indem wir uns innerlich abseits vom Erleben stellen und unseren Sinnen und Gefühlen nicht erlauben, sich zu beteiligen. Das lässt der Tod nicht zu. Unsterblichkeit ringt mit der Not der Fantasie, dem Tod ein Gefühl, ein inneres Bild – *etwas!* – abzuringen.

– Boppard

17

Keine Blumen, bitte! Im Supermarkt sollten keine Blumen zum Verkauf angeboten werden. Sie passen nicht hinein, werden ermordet, werden zu Sachen, verpackt und mit Barcode versehen. Man muss einen Protestmarsch organisieren, vornweg das Plakat *Keine Blumen im Supermarkt!*

– Boppard

18

Askese und Schönheit. Erhart Kästner, der das Mönchsleben und vor allem das einsiedlerische Leben bewunderte, schrieb in »Die Stundentrommel vom heiligen Berg Athos«, eher nebenbei, dass er selbst ein solches Leben auf dem Athos nicht führen könne. Gar zu rasch hielten ihn Gespräche mit Freunden gefangen, Überlegungen über Bücher und Dichter; er würde die Schönheit des Meeres und des Bergs am Meer bewundern – und darüber das Eigentliche, nämlich die radikale Reinheit und Einfachheit des Gebets, versäumen.

Als ich selbst zum zweiten Mal auf dem heiligen Berg wanderte, begegnete mir in einer der abgelegenen Mönchssiedlungen am Zipfel der Halbinsel ein Einsiedler. Plötzlich stand er vor mir und ging an mir vorbei. Einem Impuls folgend streckte ich meine Hand aus. Er nahm sie nicht an. Ich erinnere mich deutlich an sein Gesicht. Es steht mir vor Augen. Sehr still, sehr gesammelt, wunderbar leuchtend und unbeschreiblich. *Noli me tangere*. Er wollte weder Berührung noch Gespräch.

– Boppard

19

Archive des Vergessens. Was verliere ich, wenn ein Tagebuchblatt, das ich vor zwanzig Jahren beschrieben habe, unauffindbar ist? Oder wenn ich es selbst zerreiße? Was verliere ich, wenn ich Tagebücher, Notizen, alte Briefe – ein Stück eigener Vergangenheit – in die Flammen werfe? Ist also damals nichts gewesen? Die Erinnerung braucht die Unterstützung von früher entstandenen Dokumenten. Selbst das Papier, die Schrift, der Schnörkel, die Eselsohren wecken die Erinnerung, nicht nur die Worte. Wie Proust den Duft von Madeleine-Gebäck brauchte, um die Erinnerung zu wecken, so öffnet sich längst Verschüttetes, seit Jahrzehnten nicht Gedachtes und Gefühltes durch einen alten Satz auf gelbem Papier.

Wie die Häuser unserer Gegenwart auf dem Schutt von Ruinen und diese auf älteren Mauerbrocken und tiefer auf Münzen und Knochen und Tonscherben stehen, ebenso ist unsere Erinnerung vorhanden, aber sie muss ins Bewusstsein ausgegraben werden. Welches Geheimnis, welches Wunder ist der Mensch – je länger er lebt, desto rätselhaft-wunderbarer.

– Boppard

20

Selbstvertrauen, Sicherheit? Woher nehmen selbstsichere Menschen ihre Sicherheit, ihr Selbstvertrauen? Aus einem Urvertrauen, das ihnen ihre Kindheit, wenn sie ohne Trauma verlief, geschenkt hat? Aus einem Vertrauen, das, durch beschützende Liebe und elterliche Zuwendung genährt, dem Kind alle Antworten, die es brauchte, noch bevor es fähig war, Fragen zu stellen, gegeben hat und das darum im Erwachsenenalter nicht weitere, tiefere, größere Antworten sucht?

Und wir, die wir als halbe Erwachsene aus der hermetisch geschlossenen Glocke der alles erklärenden Liebe ausgebrochen sind? Die wir früh Antworten außerhalb dieser Sphäre gesucht, auch gefunden haben, aber immer weitersuchen mussten, weil es Freude machte, weiterzusuchen, weil wir unzufrieden mit den einmal erahnten und formulierten Antworten waren, weil wir keine endgültigen Antworten erwarteten? Aber unsere innere Sicherheit wurde diesem unentwegten Fragen aufgeopfert. Und schließlich bleibt diese eine – oft quälende – Frage: Was kann uns unanfechtbare metaphysische, emotionale, intellektuelle Sicherheit, und was uns Selbstvertrauen geben? Wir brauchen alle das Damaskus-Erlebnis des Saulus. Warten wir sehnlichst genug darauf, damit es sich auch einstellen kann?

Lass es kommen, bevor wir in verkrusteten Konventionen bürgerlichen Familienlebens erstarrt sind; bevor wir die innere Beweglichkeit – die Freiheit – verlieren, dem Leben eine Kurskorrektur zuzumuten. Bevor eine plumpe Selbstsicherheit, die

Folge von Gewöhnung und Denkfaulheit, von uns Besitz ergreift.

– Boppard

21

Einfachheit und Demut. Sie sind die schwierigsten Tugenden. Im Grunde sind sie eins. Beide lassen sich nicht vorzeigen, nicht vorführen. Bei der kleinsten Geste der Zurschaustellung ist die Einfachheit zersplittert und die Demut verlogen.

Ich traue der Demut der Erfolgreichen und Berühmten nicht. Viele wollen beweisen, dass sie geblieben sind, was sie waren, eben einfach und bescheiden. Helden können prächtig demütig sein. Aber waren sie es, bevor Erfolg und Ruhm kamen?

Die bei falschen Vermutungen, bei Unterstellungen, bei Gerüchten einfach weitertun, was Pflicht und innerer Drang vorschreiben, die sind auf dem Weg zu Einfachheit und Demut. Doch Unrecht gegenüber uns selbst sollen wir berichtigen, wir müssen uns verteidigen – aber wo wir uns, aus welchen Gründen auch immer, nicht verständlich machen können, heißt es, in Demut zu schweigen. Des Unrechts beschuldigt, sich nicht erklären zu können, tut weh, sehr weh.

Wir kennen uns selbst so wenig, wie könnten andere uns (er)kennen?

Einfachheit und Demut bedürfen der ständigen Arbeit an sich selbst, der überprüfenden Innenschau. Dabei dürfen äußere »mildernde Umstände« nicht gelten. Das eigene Urteil muss das genaueste sein.

Einfachheit und Demut sind wie Mimosen. Sie anzurühren, ist schon zu viel, sie weichen zurück, um nicht verletzt zu werden.

– Boppard

22

Als sie starb. Eine Erinnerung. Als Viola Schmid beim Zugunglück von Eschede am 3. Juni 1998 starb, waren ihr Mann und ihre Adoptivtochter in Sicherheit. Eigentlich hatten sie zusammen fahren wollen, aber die beiden stiegen in Marburg aus, um später nachzukommen.

Viola war eine ängstliche Reisende. Um sicher zu sein, dass Tochter Gloria bei einem Unfall der Adoptiveltern nicht elternlos ihr Leben fortsetzen müsste, flogen sie und ihr Mann nicht zusammen, sondern stets in verschiedenen Flugzeugen. Ausgerechnet diese risikobewusste Frau musste im Zug sterben – eine Möglichkeit, die sie nie einkalkuliert hatte. Und ein Zufall – nicht Voraussicht –, eine Schicksalslaune sorgte dafür, dass Gloria nicht allein blieb. Violas Mann heiratete wieder, Gloria ist heute eine erwachsene Frau. Der Kontakt zu ihnen ging verloren.

Viola verdanke ich viel. Sie drehte einen Film und schrieb Artikel über mich, vor allem ermutigte sie mich, bot mir unterstützende Freundschaft an. Oft war ich Gast bei ihr und ihrem Mann in Hamburg. Ich erinnere mich, wie sie bei einem unserer letzten Gespräche über ihre mangelhafte Altersversorgung klagte. Geld verdienen, *mehr* Geld verdienen müsse sie, um abgesichert zu sein, und dabei wurde sie geradezu erregt.

Als ich von ihrem Tod erfuhr und meiner Mutter darüber tieferschrocken berichtete, war sie lange still. Mehrmals hatte sie Viola im Haus zu Gast gehabt. Dann sagte sie zu mir, hilflos: »Aber sonst geht es dir gut, Martin?«

– Boppard

23

Zorn und Schuld. E., eine Schriftstellerin, beschuldigt mich, ihre Beziehungen ausnutzen zu wollen; ich antworte, nichts für mich persönlich zu wollen. Keine Antwort. Ich schreibe noch einmal, es sei ein Missverständnis, und entschuldige mich. Keine Antwort. Ich trauere noch mehr.

Hatten wir nicht gute Tage miteinander? Warum wirken sie jetzt nicht? Kann mit einem Satz die Gemeinschaft, die ein Jahrzehnt und länger währte, vorbei sein? Kann ein Wort so mächtig sein? Zorn so zerstörerisch?

Einige Tage später: Das Schwere fällt plötzlich ab. Mir ist hell bewusst: Ich habe mir nichts vorzuwerfen. Was E. denkt, wie sie mich beurteilt, ist nicht mehr meine Sache.

– Boppard

24

Großzügig sein. Welche Eigenschaft beeindruckt mich am meisten im Leben anderer? – Großzügigkeit. Unverbrüchliche Großzügigkeit. Das Wort ist leicht hergesagt, ist aber schwer, in die Tat, mehr noch in eine innere Haltung zu übersetzen.

Großzügigkeit kann nicht anders, als total ausgerichtet zu sein, um sich dann demütig auf ein realistisches Maß zu begrenzen. Wie geht das?

Großzügigkeit verschwendet sich, bei erster Gelegenheit und beim Erstbesten. Sie will kein Maß. Sie weint und protestiert lieber, beschuldigt und krakeelt, zerrt an den Schnüren, die sie einengen und tatenlos machen.

Großzügigkeit ist gern rasch und unüberlegt, sie meint, das Gute und Notwendige sei sofort, mit einer großen, freien Geste zu erreichen ... Und danach? Erschöpfung, Leere, Enttäuschung, Eifersucht.

Zeige keine Großzügigkeit, wenn sie nur für den einen Augenblick der Tat gemeint ist.

Wir brauchen den buddhistischen Mittelweg, die christliche *discretio*, die aufklärerische *ratio*. Die spontane Geste, die nicht das Morgen einkalkuliert, ist heute wichtiger denn je, gewiss. Möge sie uns bleiben. Doch *muss* sich Großzügigkeit gegen Unklugheit wehren, gegen Unüberlegtheit. Dürfen wir in Großzügigkeit handeln, wenn wir wissen, dass sie schamlos ausgenutzt wird? Großzügigkeit bleibt riskant, sie soll aber nie tollkühn werden.

– Boppard

25

Mein Mathe-Lehrer. Im Nachbarort Bad Salzig besuche ich mittags ein Restaurant. Herr Minning, mein Mathematiklehrer am Gymnasium, und seine Frau sind Stammgäste. Jedesmal gehe ich an ihren Tisch, um ihn zu begrüßen. Herr Minning ist fast neunzig, aber sein Gesicht hat die klaren Züge nicht verloren. Sein Haar ist grau, aber noch voll. Er geht gebückt, aber nur leicht. Er hat mich durchs Abitur »geschmuggelt«, denn Mathematik war neben Latein mein Problemfach. »Ich bin gut durchs Leben gekommen«, sage ich neben ihm stehend und danke ihm für sein Verständnis, damals. Während des kurzen Gesprächs spricht er einen bemerkenswerten Satz aus: »Ich verbringe jetzt die beste Zeit meines Lebens.« Kleinere Gebrechen mag er haben, aber er ist sorgenfrei. Seine Kinder leben außerhalb seiner Verantwortung, sind ihm jedoch weiterhin zugetan. Seine Frau lebt neben ihm. Seine Bewegungsfreiheit ist uneingeschränkt, denn er fährt Auto. Selbstbestimmt kann er leben. »Ich verbringe jetzt die beste Zeit meines Lebens.«

– Boppard

26

Im Krankenbett. Das erzählt Elvi, die jahrzehntelang unser Elternhaus sauber gehalten hat: Von seinem Krankenbett im Wohnzimmer blickte mein Vater auf eine Marienstatue mit Jesuskind. Einmal fragte er, warum Maria reich bekleidet, das Kind aber nackt sei. Das bekümmerte ihn, als er da, dem Tod nahe, lag, denn mehrmals soll er die Frage gestellt haben ... Solche scheinbar unbedeutenden Episoden im Leben eines Menschen bleiben haften. Plötzlich sind sie nicht mehr unbedeutend, sondern spiegeln sein Inneres, weil sie kurz vor dem Tod geschehen sind.

– Boppard

INDIEN

27

Fortschritt ohne Rückkehr. M. ist Mitglied eines Ureinwohnerstammes, der Santals. Er hat seine Stammesmentalität entdeckt und vor allem ihre Langsamkeit. Santals verbringen ein entspanntes Leben, sie genießen es, ohne viel von ihm zu verlangen (sagt er). Der Krug Reisbier am Abend genüge zur Zufriedenheit.

Vor dreißig Jahren lebte er noch mit seinen Eltern und Geschwistern in einer Lehmhütte – sie war nichts als *ein* fensterloses, leeres Zimmer. Man musste sich bücken, um einzutreten. M. hat zunächst die Dorfschule besucht. Als von Verwandten Unterstützung kam, konnte er, drei Stunden von seinem Dorf, eine christliche Missionsschule, dann in der Großstadt, fünf Stunden entfernt, die Universität besuchen. Bis zum Magister studierte er. Der nächste Schritt war zwangsläufig, einen Job zu finden, am besten bei der Regierung. Deren Jobs sind unkündbar, sie haben enormes Prestige und sie sind bekannt dafür, dass man sich nicht überarbeiten muss. M. schaffte es, einen Posten als *lower division clerk* bei der Landesregierung zu bekommen. Nun war er wieder in einer Provinzstadt, diesmal in einer anderen, in der er aber zum Glück entfernte Verwandte entdeckte, bei denen er wohnen konnte.

Der nächste Schritt, zwei oder drei Jahre später, war ebenso zwangsläufig: Heirat. Die Eheleute mieteten sich ein Zimmer. M. machte Prüfungen, damit er vom *lower division clerk* zum *upper division clerk* aufsteigen konnte. Seine Eltern im Dorf hatte er früher, als er noch Student war, einmal im Monat besucht. Von der Stadt, in der er zu arbeiten begann, war sein Dorf eine halbe Tagesreise entfernt: Zug, dann Bus, dann Riksha.

Seine Besuche wurden seltener, aber seine Sehnsucht stieg. Kaum eine der kleinen Eigenheiten seiner Stammeskultur befolgte er noch; er hatte viele vergessen. Die Bambusflöte, die er als Kind gespielt hatte, lag in einer Schublade. Die Trommel zu spielen hatte er verlernt. Der Rhythmus der Santallieder war nicht mehr in seinen Gliedern. Plötzlich begann er sich nach ihnen zu sehnen. Er suchte in seiner Provinzstadt nach anderen Santals, aber er entdeckte keine einzige Familie. Er begann, häufiger mit seiner Frau in sein Dorf zu fahren und auch seine Schwiegereltern in deren Dorf zu besuchen. In beiden Dörfern wurde ihm abends Reisbier angeboten, wie es Sitte ist, und M. betrank sich heillos. Er war es nicht mehr gewohnt, Alkohol zu trinken, denn in der Stadt gilt es als unsittlich. Seine Frau versuchte seitdem, M. von Dorfbesuchen abzuhalten. Sie wurden wieder weniger. Aber M.s Sehnsucht, ein Santal zu sein, ein entspanntes und bedürfnisloses Leben in seinem Dorf zu führen, wuchs.

Ich lasse mich frühzeitig pensionieren, dann kehren wir in unser Dorf zurück, versprach er seiner Frau. Sie hatte inzwischen zwei Söhne geboren. Mit ihnen versuchte M. ihre Muttersprache, Santali, zu sprechen. Doch auf den Straßen, auf dem Markt, überall herrschte Bengalisch oder Hindi. Die Kinder wuchsen mit Bengalisch und Hindi auf und sprachen in der Familie Santali. Aber wenn sie mit den Eltern in ihre Dörfer fuhren, merkten sie, wie unbeholfen ihr Santali war. Sie begannen sich ihrer Muttersprache zu schämen und nach und nach vergaßen sie Santali, zumal M. immer seltener darauf bestand, dass sie es sprachen. M.s Frau wusste, dass sie beide auf die Bequemlichkeiten eines städtischen Mittelschichtlebens nicht mehr verzichten konnten, noch auf die Sicherheit eines Regierungsjobs. M. baut sich in seiner Fantasie ein idealisiertes Santalleben im Dorf zusammen, das immer Fantasie bleiben wird.

– Santiniketan (nördlich von Kalkutta)

28

Die Literatur und ihre Kritiker. Während meines Studiums in Wien schrieb ich Buchkritiken; ich war froh, schreiben zu können und veröffentlicht zu werden. Ich spezialisierte mich auf die damalige österreichische Literatur, die rege und eigenwillig war. Gern wäre ich Literaturkritiker geworden.

Aber ich lese zu langsam. Zu viel fällt mir bei der Lektüre ein, dem ich nachhänge, sodass ich nicht gesammelt weiterlese. Ist das Zeitverschwendung? Oder will Lektüre gerade zu solchen individuellen Umwegen einladen? Ist das der Gewinn von inspirativer Lektüre? Weiterhin: Kann ich jede Woche zwei oder drei neue Bücher lesen und sie beurteilen? Das wäre die Wochenration des Professionellen. Von einem Roman mag ich so bewegt sein, dass ich eine Woche keinen neuen beginnen kann. Einen Roman mag ich lesen, aber nicht wirklich verstehen. Meine augenblickliche Stimmung könnte sich gegen ein Buch stellen. Darf ich es darum verreißen? Ist es möglich, alle Romane beurteilen zu können und meine Kritik als ein allgemeingültiges Urteil zu veröffentlichen? Darf ich nicht an gewissen Büchern scheitern? Ein Literaturkritiker erlaubt sich das nicht und wird urteilen, auch wenn er nicht kann, und über das Schicksal des Buches mitentscheiden. Er nennt es Professionalität.

Keine Kritik kann sich das Wort »vielleicht« erlauben. Kein Kritiker erlaubt sich das Wort »ich«, um ein persönliches, scheinbar nicht allgemeingültiges Urteil zu begründen.

Vor Jahren las ich Musikkritiken von George Bernhard Shaw, dem britischen Schriftsteller. Er gestaltete sie als persönliche Konzerterlebnisse. Er sparte nicht an differenzierter Kritik, doch war stets deutlich, dass sie aus dem Moment der Erfahrung entstanden war und die Stimmung und Verfassung des Kritikers berücksichtigte.

Ich schätze Hermann Hesses Entscheidung, der viele literarische und philosophische und religiöse Bücher besprach, jedoch stets nur jene, die er empfehlen konnte. Keine Verrisse.

Meine Entscheidung stand damals fest: kein Literaturkritiker zu werden – aus Liebe zur Literatur.

– Santiniketan

29

Das lange Gedächtnis. Inder haben ein längeres Gedächtnis als wir in Deutschland. Über Generationen hinweg wissen sie, dass ihre Vorfahren aus Bihar oder aus Maharashtra nach Bengalen eingewandert sind. Sie sprechen Bengalisch in der Öffentlichkeit, aber in ihrer Familie Hindi oder Marathi. Ihre Frauen suchen sie bis heute in Bihar oder Maharashtra. Ihre Essensgewohnheiten bewahren sie sowie kulturelle Bräuche rund um religiöse Feste und die Familie. Frage ich, sagen selbst junge Menschen, die niemals Bihar besucht haben, selbstbewusst: »Ich komme aus Bihar.« Dort wohnen Verwandte, so entfernte Verwandte, dass wir sie in Deutschland nicht mehr kennen oder als »verwandt« bezeichnen würden.

Auch außerhalb der Familie haben Beziehungen eine lange Vergangenheit. Die Erinnerung an die Lehrer in Schule, College oder an der Universität bleiben lebenslang wach, auch wenn man selbst schon Lehrer ist und eigene Schüler und Schülerinnen auf ihr Leben vorbereitet hat. Ebenso der Respekt für die Vorgesetzten im Betrieb, im Büro, in der Werkstatt, er bleibt. Verborgen in dieser Mentalität ist die Guru-Idee: Der Lehrer oder die Lehrerin unterrichten nicht nur, sondern sie übernehmen Verantwortung für das Leben der Schüler und Schülerinnen; sie geben ihnen ihren Geist, der lebenslang weiterwirkt. Der Lehrer oder die Lehrerin bleibt für Schüler und Schülerin moralisch verantwortlich, selbst wenn sie längst die Schule verlassen haben. Auch im negativen Sinn gilt das; auf sie zeigt man mit Fingern, wenn Schüler und Schülerinnen versagen.

Zu spüren bekam ich das, als ich Tinku, einen Rikshafahrer-Sohn, an eine Familie in der Nachbarschaft vermittelte. Ich kannte Tinku seit Jahren, weil sein Vater mich stets zum Bahnhof fuhr und dort abholte, wenn ich aus Kalkutta zurückkehrte. Tinku war Schul-Dropout, er hing zu Hause herum und schwatzte oder schlief. Bei den Nachbarn sollte der junge Mann sämtliche Gelegenheitsarbeiten übernehmen: auf dem Markt einkaufen, im Garten arbeiten, den Elektriker holen, Botengänge machen und das Haus bewachen, wenn die Familie abwesend war. Das tat er fünf Jahre lang, und zwar, wie ich erfuhr, zur allgemeinen Zufriedenheit.

Bis eines Tages eingebrochen wurde. Die Familie war abwesend; auch ich war an dem Tag nicht in Santiniketan. Die Diebe, die mittags kamen, als Tinku in der Hütte der Eltern seinen Teller Reis aß, haben nicht viel mitnehmen können. Wirklich Wertvolles wie Elektronik blieb zurück, wohl aber verschwanden Erinnerungsstücke.

Tinku wurde von den Polizisten geschnappt. Gewiss war er mit den Einbrechern im Bunde (vermutete man). Er bekam eine saftige Tracht Prügel, aber Tinku gestand nichts. Es gab nichts zu gestehen. Nach einer Woche löste der Vater Tinku aus. Er kannte einen Polizeibeamten, warf sich vor ihm nieder und weinte einen Eimer voll. Tinku war wieder zu Hause; man hatte ihm nichts nachweisen können.

Wer war der eigentliche Übeltäter? – Ich war es. Hatte ich nicht vor fünf Jahren Tinku an die Familie vermittelt! Die moralische Verantwortung für den Jungen blieb. Obwohl in diesen Jahren die Arbeitgebernachbarn den Jungen hätten korrumpieren können, etwa durch schlechte Arbeitsbedingungen seine Enttäuschung, seinen Zorn, seine Vergeltungssucht hätten wecken können ...

Meine nahezu familiären Beziehungen zu den Nachbarn gingen in die Brüche. Man argwöhnte sogar, so erfuhr ich hintenherum, dass auch ich hinter dem Einbruch steckte. Konnte es ein Zufall sein, dass ich an dem Tag abwesend war? Kein klärendes Gespräch kam zustande. Auch nachtragende Gefühle vererben sich über Generationen.

– Santiniketan

30

Im Mother House. Das Haus, in dem Mutter Teresa in Kalkutta ihren Orden gegründet hat, allgemein Mother House genannt, bleibt der Mittelpunkt der Missionaries of Charity. Dort wohnen die Novizinnen, dort wohnt die Ordensleitung. Dort steht auch der große, weiße, blumengeschmückte Sarkophag der Heiligen; Beter versammeln sich im Kreis, berühren den Stein und führen die Hand andächtig zur Stirn. Viele Ordensleute kommen, auch zahlreiche junge Europäer und Amerikaner. Eine Schwester der Missionaries verteilt Blechmedaillons und Bildchen mit frommen Sprüchen, und zwar mit einem selbstverständlichen Ernst, als sei das Wort Kitsch noch nicht erfunden worden.

Neu ist seit Mutter Teresas Tod, dass im Raum neben dem Sarkophag ein kleines Museum entstanden ist. Fotos und ausführliche Beschreibungen dokumentieren die Lebensgeschichte der Mutter und ihr Werk. Das geschieht recht sachlich, beinahe ohne den frömmelnden Zungenschlag, der uns in Europa peinlich berührt. Umso deutlicher spürt man die übermenschliche Anstrengung dieser Frau, dieses Werk aufzubauen und zu erhalten.

Wie viele Gaben und Gnadengeschenke mussten zusammenkommen, wie viel Schmerz, wie viele Anfeindungen durchlitten werden, wie viel Geduld aufgebracht, um Menschen zu inspirieren und dann zu formen, damit sie die Ziele und Methoden von Mutter Teresa als ihre Ziele und Methoden verstehen konnten. Wie *ungewöhnlich* ihre Berufung im indischen Umfeld – im christlichen ebenso wie im hinduistischen – gewesen ist! Das indische Christentum musste fünfhundert Jahre warten, bis eine Frau sich ohne Scheu auf eine Stufe mit den Ärmsten und Vernachlässigsten stellte.

– Kalkutta

31

Bimal, der Diener. Seinen Lebtag hat Bimal im Kulturinstitut der Ramakrishna Mission gearbeitet. Um sechs oder halb sieben hat er den *bed tea* in die Zimmer des Gästehauses gebracht, nachmittags den *afternoon tea*. In der Kantine hat er während der drei Mahlzeiten das Essen auf den Tisch gestellt, dem nachgereicht, der mehr essen wollte, danach abgeräumt, alles nach einem vorbestimmten Rhythmus, den keiner verändern kann, weil er seit Jahrzehnten feststeht.

Aber wenn er den Tee mit einem Biskuit ins Zimmer bringt, dann erlaubt sich Bimal einen hastigen Schwatz mit mir. Er sagt, seine Eltern seien krank, sie wohnen bei ihm, seine Frau hat soeben eine Operation überstanden. Er sucht nach einer guten Schule für seine Tochter; aber zu teuer darf sie nicht sein, denn die Preise von Reis und Gemüse sind wieder gestiegen, die Zwiebeln kosten jetzt zwanzig Rupien das Kilo ... Es gibt nur Probleme in seinem Leben. *Shansār*! Oh, Familienleben! Wer einmal in seinen Wirbeln mitwirbelt, kommt der noch einmal heraus? Wer arbeiten darf und Geld verdient, an dem hängt ein Rattenschwanz von Verantwortung, von Verpflichtungen, dem rinnt der Verdienst aus den Händen, denn die erweiterte Familie empfindet es als ihr Recht, sich dranzuhängen. Es gibt kein »Ich« – nur ein »Wir«. Das Teilen lernen schon die Kinder, die ja nie als Einzelne, sondern gemeinsam in der Gruppe aufwachsen. Übrigens, schließt Bimal, nehme er immer noch Tabletten gegen sein Magengeschwür, schon monate-monatelang, täglich 45 Rupien. Ich könne mir ausrechnen, wie viel das im Monat sei. Bei seinem Klagelied hat er immer mal ängstlich auf den Flur hinausgeschaut. Schwätzchen mit Gästen sind natürlich streng verboten.

Meine Frage: Gilt persönliches Glück? – Bimal würde es als ein selbstsüchtiges Glück empfinden.

– Kalkutta

32

Madan, der Student aus Nepal. Vor zwei Jahren führte mich Madan sicher und fröhlich durch die Berge seiner Heimat Nepal. Seitdem kenne und unterstütze ich ihn. Zweimal besuchte ich mit ihm sein Dorf im Distrikt Solukhumbu. Dort lernte ich seine weit verstreute Familie kennen. In jedem der umliegenden Dörfer sind Brüder oder verheiratete Schwestern, Onkel und Tanten und Neffen.

Madan besucht seit einem Jahr ein College in Kathmandu. Er ist ein begeisterter Student. Der Plan ist, dass er nach weiteren drei Jahren einen Bachelor erwirbt, was ihn befähigt, im Büro einer Firma in Nepal zu arbeiten, anstatt Arbeitssklave irgendwo in einem europäischen Land, in Dubai oder auf den Philippinen zu werden wie zahlreiche junge Familienmänner.

Bisher hatte er die Schule immer nur besuchen können, wenn er nicht seinen Lebensunterhalt als Bergführer verdienen musste. Jetzt kann er Tag für Tag lernen, neues Wissen aufnehmen, Englisch üben, unbesorgt um das tägliche Brot. Aber die Rückkehr ins regelmäßige, planvolle Lernen muss schwieriger als vermutet gewesen sein. Seine Jahresprüfungen brachten ein schlechtes Ergebnis in allen Fächern. Niederschmetternd!

Ich schlug ihm vor, nach Kalkutta zu kommen, damit wir seine Situation besprechen können. Drei Tage war er hier. Am zweiten begannen wir über seine Pläne zu reden. Er könne wechseln, sagte ich, zum Beispiel eine Ausbildung anfangen, oder er könne die Prüfungen wiederholen. »Du bist frei zu wählen.«

Seine Frau wolle nach Australien auswandern, sagte er. Sie habe begonnen, Englisch zu lernen. Ihr Bruder ist dort Koch in einem Hotel, er wolle sie sponsern, mitsamt ihrem kleinen Sohn. Seine Frau will, dass er sehr bald eine bezahlte Anstellung annimmt, irgendwo! Madans Eltern fragen an, wie lange es dauere, bis er sie unterstützt – er ist der einzige Sohn mit Schulbildung, die müsse sich doch endlich bezahlt machen ... Es geht ums Geld, ums schnelle Geld, und für viel Geld ist man zu jedem Opfer bereit: die Familien auseinanderzureißen, die kleinen Kinder vaterlos aufwachsen zu lassen, Entfremdung und Heimatlosigkeit auf Jahre hinzunehmen. Materialismus und Idealismus verschränken sich: Geldgier einerseits, um ein Haus zu bauen und sich im Mittelstand zu etablieren – andererseits das große Verlangen, dass die Kinder eine gute Schule besuchen, eine gute Ausbildung bekommen, der Wunsch nach Sicherheit und Versorgung im Alter. Vor allem eben, der Wunsch, den Erwartungen des Klans zu entsprechen. Dabei verpasst man das eigene Leben.

Der Weg, den ich Madan gezeigt habe und in den er frei eingewilligt hat, ist hart umfochten. Wird er sich gegenüber der eigenen Frau und den Eltern und den Tanten durchsetzen? Wird ihm ein Lebens*sinn*, dessen Suche ich in ihm verankern wollte, letztlich wichtig genug sein, um die Hände nicht nur nach Dollars auszustrecken, damit die Familie zufrieden ist?

– Kalkutta

33

Ich, ich! Das Vordrängen ist eine der Eigenschaften, die mir in Indien zuwider sind. Jeder kämpft um einen Sitzplatz im Bus oder Zug, jeder will die Wartezeit in der Schlange, die Fahrzeit im Auto abkürzen – also rasch den Vordermann überholen, sich vor ihn stellen, als erster die Hand hinstrecken! Diesen anderen kennt man nicht, dessen Gefühle und seine Situation sind egal, wenn man selbst nur weiterkommt. Sich in den Zug zwängen, während andere noch aussteigen, ist ein alltägliches Bild; auf der Straße das Auto in eine Lücke schieben, anstatt sich hinter das letzte anzustellen, kritisiert niemand, es geschieht, als wäre es ein Naturgesetz.

Gewiss, eine Ursache dafür ist die Überbevölkerung. Jeder wird selbstsüchtig. Die Menschenmasse lässt jeden darwinistisch um sein »Überleben« kämpfen.

Das stimmt nur halb. Wie häufig erlebe ich, dass sich jemand ohne Not vordrängelt, etwa in einem Geschäft, in dem nur ein anderer Kunde steht. Es ist eher dieses Bewusstsein, das in allen Lebenslagen verinnerlicht wird: Zuerst komme ich, dann die anderen. Ich bin eilig, ich will weiter, ich, ich ... Das mag mit Kasten- und Klassenbewusstsein zusammenhängen. Es hängt aber wesentlicher mit der krassen Trennung von privatem (Familien-)Raum und öffentlichem Raum zusammen. Im öffentlichen Raum herrscht Chaos, organisches Chaos wie in einem Urwald. Da werden die Hierarchien immer neu festgelegt, etwa durch selbstbewusstes Auftreten, durch Aggressivität, durch kampflose Unterordnung, durch erlittene Niederlagen. Auch die Bürokratie, die vor Hierarchie strotzt, lebt im Grunde von der Macht oder Scheinmacht des Stärkeren, der die Hierarchie nach Gutdünken interpretiert und für sich zurechtbiegt.

Im privaten Bereich herrscht bedingungslose, unkritische Liebe, die besonders Kinder empfangen. Die Familie steht im Mittelpunkt des Lebens. Die Familie hat Ordnung, Struktur, hat Hierarchien, an die sich jeder zum eigenen Schutz und Wohl hält.

Wenn sich bei Einkäufen jemand vordrängt, weise ich diese Person immer zurecht. Tatsächlich bin ich jedesmal entrüstet, sogar empört, als geschehe es zum ersten Mal. Ich kann mich an diese Haltung »Hoppla, ich bin's!« nicht gewöhnen. Die meisten reagieren mit Unverständnis, die wenigsten mit Einsicht. Manche halten mich wohl für einen dieser arroganten Ausländer, die sich in Indien nicht auskennen und meinen, bei ihnen sei alles besser geregelt.

– Kalkutta

34

Die Gewölbe der Bürokratie. Die Registrierung als Ausländer geschieht inzwischen *online.* Das Formular ist bis ins Feinste ausgeklügelt, damit alle komplizierten Möglichkeiten erfasst sind. Um es auszufüllen, brauche ich einige Stunden. Der nächste Schritt ist der Besuch im Büro für Ausländer in der Distrikthauptstadt. Diesen Bungalow kenne ich seit fast vierzig Jahren, früher musste ich mehrmals im Jahr hinein, inzwischen alle drei Jahre. Die langjährigen Angestellten begrüßen mich wie einen alten Bekannten. Besonders Tapas, der es vom niederen Angestellten zum Bürovorsteher geschafft hat, ist mir freundlich zugetan. Mehrmals hat er mich in Santiniketan besucht. Er hat mir Bilder gezeigt, in seiner Freizeit malt er. Auch diesmal schaue ich zuerst seine neuen Kunstwerke auf dem Smartphone-Screen an. Sie beweisen Geschmack in der Farbgebung und einen eigenen Stil. In der Distrikthauptstadt wird er als Künstler beachtet.

Aber wo sitze ich? Mir ist, als wäre ich in die Vorhölle gestürzt. Der lichtlose Raum ist eine Rumpelkammer, schlimmer als ein Verließ. An den Wänden Regale mit alten Mappen, Papierpacken und Papierrollen – alle verschmutzt, fleckig, von rußschwarzen Spinnweben dick und fett umhüllt, vor Feuchtigkeit und Alter gewölbt und verbogen. Man könnte hier einen Kafka-Film drehen, besser noch: einen Horrorfilm. Die verbogenen feuchten Mappen sehen wie die gequälten Seelen im Fegefeuer aus. Dante könnte hier Stoff für seine Visionen schöpfen.

Nichts hat sich in drei Jahrzehnten geändert. Kein Besen und keine Farbe haben die Wände berührt. Tapas bietet mir einen Plastikstuhl an, dessen Sitz er zunächst abstaubt, eher eine mechanische Geste als der Wunsch nach Reinlichkeit, und befragt mich über Meditation und Atemübungen. Ich verstehe, warum er malen muss.

– Santiniketan

35

Du bist tot! Jemand mit Autorität urteilt gegenüber einem jungen Menschen, der Erzählungen schreibt: »Du kannst keine Erzählungen schreiben.« Und leger fährt jener fort: »Schreib doch was anderes.« – Das klingt dem jungen Menschen wie ein Todesurteil. Wie der Befund des Arztes: Du kannst keine Kinder bekommen. Wie das Urteil des Gottesrichters: Du bist unfähig zur Liebe. Man ermordet die innere Welt eines Menschen.

Nie, *nie* darf jemand einem anderen Menschen Kreativität absprechen. Das verdichtet sich zum Trauma, von dem sich der andere niemals erholt.

– Santiniketan

36

Gewalt auf der Leinwand. Kriegsfilme kann ich nicht mehr ansehen; sie verfolgen mich Tag und Nacht. Science-Fiction-Filme mit ihren ausgesuchten Grausamkeiten waren mir von Anfang an zuwider. Vor einiger Zeit beobachtete ich im Flugzeug, wie ein Vordermann die Zerstörungswut der Gewehre, im Flammenmeer zusammenstürzende Häuser, Auto-Hetzjagden, die in riesigen Trümmerhaufen enden, unbewegt anschaute, nach dem ersten Film den zweiten, den dritten, und sich danach mit seinen Nachbarn unbeschwert unterhielt. Was ging in ihm vor? War seine Fantasie blockiert, sodass er die Bewegungen auf dem Bildschirm nicht in das Fleisch und Blut des gelebten Lebens übertragen konnte? Waren es für ihn bezuglose Bewegungen? Warum hat er dann zugeschaut?

Kriegs- und Holocaustliteratur waren mein akademisches Thema in Wien, inspiriert durch meinen Entschluss, den Kriegsdienst mit der Waffe zu verweigern. Darum waren Konzentrationslagerfilme nicht nur wegen ihres künstlerischen Wertes von Interesse. Ich sah »Die Fälscher«, »Das Leben ist schön« und taumelte jedesmal aus dem Kino. »Schindlers Liste« und »Der Pianist« konnte ich nicht zu Ende sehen.

Müsste man sich nicht der Wirklichkeit in ihrer Härte aussetzen? Ist das nicht ein Gebot der Ehrlichkeit? Dann erst erkennt man den eigenen Weg im Dschungel der Möglichkeiten?

Aber: Man muss nicht töten, um das Unrecht des Tötens einzusehen, nicht stehlen, nicht lügen, nicht hassen, um einzusehen, was Unrecht ist.

Mit den Jahren wird unser Gespür feiner, unsere Nerven werden in der Mühe, das Harte und Grobe abzuwehren, dünner. Tränen wollen rascher steigen. Ich schätze dies als Lebensgewinn; ich schätze dies als ein Hineinsinken in das tiefere Wahre.

Ungestraft darf ich meine Fantasie nicht mit Bildern belasten, die ich dann abstoßen muss. Das durfte ich nie, auch als Jugendlicher nicht – doch nach so viel Erfahrung möchte ich umso vorsichtiger sein.

– Santiniketan

37

Erinnerungen im Flughafen. Was mich bei meinem ersten Indienbesuch als 21-Jähriger faszinierte und für dieses Land einnahm, waren die Reaktionen der Menschen. Blickte ich sie an, gab es fast immer eine Reaktion. Sie schauten zurück, sie lächelten, sie grinsten, sie lachten, sie blinzelten, sie staunten ... stets eine offene, unverhohlene, erfrischende Reaktion, besonders bei jungen Menschen, besonders bei »einfachen« Menschen. Sie sind »gebildet« und intelligent auf eine ursprüngliche Weise. Ihre Körpersprache ist expressiver, als wir mit unserem Körper zu sprechen wagen. Unsere mitteleuropäische Zurückhaltung! Menschen in Indien können vielleicht nicht lesen und schreiben, aber ihre Körper sind alphabetisiert.

Besuch bei »Coffee & Beans«, einem kleinen Kaffeehaus zwischen den Flugsteigen. Ein Bediener lächelt, während er mich geradewegs anschaut. Ich stutze. Kenne ich ihn? Kennt er mich vom letzten Besuch? Ich setze mich für einen Cappuccino hin. Ich scherze mit ihm, spontan geht er darauf mit einer leicht hingeworfenen Antwort ein. Plötzlich erschallt ein Ruf, den alle vier Bediener, Männer und Frauen, gemeinsam ausstoßen: »Good afternoon, Sir. Good afternoon, Madam. Welcome to Coffee & Beans!« Das wiederholen sie alle paar Minuten – ein »Live-Werbespot«, der Kunden anlockt. Meine Tasse geleert, gehe ich zur Theke und frage, ob ich mitschreien dürfe. Haha! Alle stimmen zu, und wir stellen uns in eine Reihe. »Good afternoon. Welcome to Coffee & Beans!«

– Kalkutta

38

Das Wunderkind. Das Goethe-Institut bringt mich im Coromandel Hotel unter. Abends lädt die Hoteldirektion die treue Kundschaft, auch den Leiter des Goethe-Instituts, zum Buffet ein. Dazu Musikbegleitung, die Schüler und Schülerinnen der Musikschule des Filmkomponisten A. R. Rahman bestreiten. Jacob Samuel ist einer von ihnen. Ein Kind – elf Jahre. Sein Papa ist dabei, nicht nur als Vater, sondern als Beschützer, Impressario, als der Mund des Kleinen, der in seinem schwarzen Anzug mit Fliege eher putzig als würdig aussieht. So könnte »das Wolferl« an der Hand von Papa Leopold ausgesehen haben.

Aber wenn der Kleine vor den Tasten sitzt – oho! Die kleinen Finger sausen über die Klaviatur, sie fliegen und fegen, und manchmal muss er halb aufstehen, um die Akkorde zu landen. Bravourstücke. Chopin zum Beispiel. Alles technisch komplizierte, schnelle Läufe. Gewiss, noch ist alles Technik, Fingerfertigkeit, wenig Gefühl, Stil, Strategie. Noch ist alles in den Fingerchen, nicht im Herzen, in der Lebenserfahrung. Aber, doch, Jacob lebt in seiner Musik, begibt sich ganz hinein, ist beim Spiel im konzentrierten Rausch. Sein Leben ist ganz Zukunftserwartung.

Das verehrte Publikum ist hochnäsig desinteressiert, unüberrascht. Es wertet den Knaben wohl als nette Geräuschkulisse. Vielleicht würden ihm ein paar Bollywood-Songs eher gefallen, irgendetwas, das man wiedererkennt.

Jacob Samuel steht zum Schluss auf, wendet sich brav zum Publikum, das – Gläser und Tellerchen in Händen – mit sich selbst beschäftigt ist. Er macht befangen, schüchtern einen Diener. Plötzlich steht er wieder als Kind in einer Welt von so vielen Erwachsenen. Der Papa holt seinen Sohn vom Podium ab und weicht nicht mehr von dessen Seite. Ich gehe hin, um sie zu beglückwünschen. Im Vater, der aus einfachen Verhältnissen stammt, selbst kein Musiker, ist Ehrgeiz erwacht, als man das Talent des Sohnes erkannte. Der Leiter des GI lächelt an uns vorbei.

– Chennai (Südindien)

39

Kolonialer Staub. Die zweihundertjährige Epoche der englischen Kolonisation Indiens wird kritisiert und denunziert, die Historiker nennen Fakten, die zeigen, wie die Kolonialherren das Land wirtschaftlich ausgebeutet haben und eine Knechtsmentalität schufen, die den Menschen bis heute in den Knochen steckt. Bis heute, fast siebzig Jahre nach der Unabhängigkeit, hat Indien den Staub der Kolonialzeit nicht abgeschüttelt. Viele Bürokraten des jetzigen Indien haben die bequeme Egosüffisanz der Kolonialherren übernommen, weil sie so gut auch in die Geschichte der Maharajas und deren unterwürfigen Volkes passt. In Indien habe ich gelernt, wie bequem es ist, nur zu gehorchen und den Eigenwillen abzuschalten.

Diese Gedanken kommen, während man mich in ein Zimmer des Bengal Club, einem altgedienten britischen Club – heute noch einer der prestigeträchtigen Orte der Gesellschaft Kalkuttas – einweist. Ein überdimensionierter Raum, wenig Möbel. Ein Riesenbett, aber die kleinen, vergitterten Fenster machen das Zimmer finster. Eine Sitzecke mit vielen Kissen und dennoch keine Wohnlichkeit, nichts, was Atmosphäre schaffen könnte. Nicht einmal der verschlissene Teppich spendet Charme.

Zu viele Bedienstete im Club, die in weißer Uniform mit breiten Bauchschärpen leise herumschlurfen, herumlungern, ihren Dienst mechanisch bis widerwillig erfüllen, aber sich den Gästen mit gewohnheitsmäßig gekrümmtem Kreuz nähern. Antiquierte Servilität, die nicht gefallen will, indem sie Leistung erzeugt. Es geht darum, das Ego der herrschenden Klasse zu streicheln.

– Kalkutta

40

Lalitha. Eine Erinnerung. Aus Chennai zurückgekehrt, erhalte ich einen Brief von Lalitha. Sie hatte gelesen, dass ich in Chennai zu Besuch sei, als ich schon wieder abgereist war. Sie hat vor vierzig Jahren zusammen mit mir den Magister an der Universität Madras gemacht. Das Fach Indische Philosophie zog die Mädchen an; unter acht war ich der einzige Mann und um zehn Jahre älter als die Studentinnen. Mit Lalitha freundete ich mich an. Im Klassenzimmer oder im Vorgarten des Universitätsgebäudes sitzend, brachte sie mir indische Logik bei. Wir tauschten unsere Notizen und Lehrbücher aus. Ich durfte sie in ihrem Haus besuchen, und ich wurde von der konservativen

Brahmanenfamilie mit vornehmer Herzlichkeit aufgenommen. Ich aß mit ihnen, ich unterhielt mich gern mit ihrem Vater, damals schon ein weißhaariger älterer Herr im südindischen Dhoti. Ich erinnere mich an die Feinheit und Höflichkeit, mit der er sich über eine breite Skala von Themen unterhalten konnte.

Lalitha und ich kamen uns nahe, aber es gab genaue Regeln. Keiner berührte den anderen, auch nicht zufällig; natürlich kein Händeschütteln, nicht einmal ein Klapps auf die Schulter, um im Gespräch eine Betonung auszudrücken. Einmal schalt sie mich, weil ich in der Unterhaltung persönlich geworden war. Sie schätzte klassische südindische Musik und sang selbst, dachte aber nie, daraus eine Karriere zu machen oder Akademikerin zu werden. Es war alles, wie es sein sollte in ihren Kreisen.

Lalitha schrieb mir danach jahrelang Briefe, die wenig aussagten. Sie heiratete einen Banker, den ich einmal bei einem Besuch in Madras kennenlernte. Sie schrieb von ihren Kindern. Sie schrieb nie von sich selbst. Ihr Mann wurde nach Hyderabad versetzt, die Familie zog mit. Dann gab es eine lange Pause. Bis vor wenigen Tagen. Die Familie sei nach Madras, das jetzt Chennai heißt, zurückgekehrt, weil ihr Mann in den Ruhestand getreten sei. Zuletzt sei er General Manager seiner Bank gewesen. Ein Sohn wohne in den USA, der zweite als Professor in Istanbul. Beide haben typische Karrieren gemacht. Information Technology; Computer, Internet, Programmieren ... Die Eltern sind zufrieden, sind stolz. Alles läuft so, dass man darüber anderen Familien berichten kann. Keiner ist ausgeschert, keiner hat die Familie blamiert.

Ein Sohn habe einen schweren Autounfall gehabt und erhole sich gerade bei den Eltern. Wieder kaum ein Satz über sie selbst.

Wann ich sie einmal besuchen käme, nach so vielen Jahren? Gern würde ich Lalitha treffen. Wie sie jetzt auf mich wirken mag, nach so vielen Jahren?

– Santiniketan

41

Tollkühne Demut. Beobachtet man die Menschen und gerade jene, die das »rechte Leben« bewusst üben, wird mir deutlich, dass die Demut die schwierigste Tugend ist, schwierig auch zu entdecken.

Demut besitzen jene, die nicht anders können, als sich zurückzunehmen, realistisch von sich zu denken und zu sprechen – oder von sich zu schweigen. Warum? – Um der Wahrhaftigkeit willen. Demütige Menschen sehen sich im Zusammenhang des großen Weltgeschehens und erkennen deutlich ihre eigene begrenzte Bedeutung. Sie wissen, sie sind nicht im Zentrum. Sie vergleichen sich ohne Neid, eher mit gewissenhafter Hochachtung mit anderen. Sie sind erstaunt und erleichtert, wie viel Talent, wie viel Mut und Leistung die Menschheit hervorbringt. Sie beobachten die Werke der Genies, der unerschütterlich Tätigen, der großen Schöpfergeister und spüren den Drang zur Dankbarkeit, dass es diese Menschen mit ihren Gaben gibt, an die sie selbst nie heranreichen werden. Demut und Dankbarkeit gehören zusammen.

Demütige tun geradewegs ihr Bestes, ohne Ehrgeiz und ohne den Wunsch nach öffentlicher Anerkennung. Sie tun das Nötige, doch ordnen sie sich nicht in die Leistungsgesellschaft ein.

– Santiniketan

42

Bilde dich! Menschen im indischen Mittelstand konzentrieren sich stur auf formale Bildung: gute Noten, Diplome, akademische Grade und Meriten. Nichts anderes gilt. Aber Bildung erwerben wir nicht nur in der Schule. Sie ist nicht die Summe der Bücher, die wir gelesen haben, auch nicht der Vorträge, Museums-, Kino- und Konzertbesuche ...

Bildung entsteht auch durch jeden musischen Augenblick, der sich mir eingeprägt und als Erinnerung und im Unterbewusstsein weiterwirkt. Bildung entsteht durch jedes innere Bild der Fantasie, das meine Gedanken, Gefühle oder Handlungen mitbestimmt. Jede Menschenbegegnung, alle Gespräche, die einen »Du«-Gehalt besitzen – und alles, was mich, den Alltag unterstützend, meine Gefühle vertiefend, meine Urteile und Intelligenz schärfend, in der Haltung der Liebe bestärkend, in mir weiterarbeitet, trägt zur Bildung bei. Was mich befähigt, Lebenskraft zu schaffen und zur Wirkung zu bringen, verdichtet sich zur Bildung.

Die große Absicht der Bildung ist, dass wir Menschen beständig werden, dass also während der Wandlungen der Zeit das einmal Gewonnene bleibt; dass sich die Worte und Bilder, die

Eindrücke zu unverlierbaren Inhalten sammeln. Bildung soll zu den Wandlungen der Zeit ein Gegengewicht sein.

– Santiniketan

43

Im Gebirge, regnerisch. Ich bin in Kalimpong, es ist September, Ende der Regenzeit. Die Erleichterung, wieder in den Bergen sein zu dürfen, heraus aus der dampfenden Schwüle der Ebene, versackt mit der Enttäuschung, dass es hier heftig regnet, der Strom abgeschaltet ist und auch in der Dämmerung nicht zurückkehrt. Ich hocke wartend in meinem Hüttchen, dessen Abgeschiedenheit jetzt auf mir lastet. Eine Kerze brennt flackernd, gegen das Wellblechdach schlagen die Regentropfen wie Geschosse. Wann kommt der Strom zurück? Kann ich bald nach draußen treten? Die Wege sind aufgeweicht, glitschig.

Ich fühle mich alleingelassen und eingesperrt. Fühle mich bedroht. Vor allem dieses Trommeln gegen das Blech. Es hallt, als hätten die Tropfen einen unendlichen Raum aufgerissen.

Kein Strom die ganze Nacht. Ich schalte meinen Computer an, um etwas zu tun. Eine Stunde oder zwei wird die Batterie durchhalten. Um die Tastatur zu erkennen, benutze ich meine Stirnlampe. Mir gelingt es nicht, mich zu konzentrieren. Es ist zu mühsam ... Ich schalte wieder aus und liege im Dunkeln auf dem Bett. Nach einer Weile weiß ich nicht mehr, wo ich liege, weil alles schwarz ist, und muss mich erinnern. Der Schlaf ist gestört. Schlafend warte ich, dass wieder Licht kommt.

– Kalimpong (Himalaja)

44

Ernsthaftigkeit. Würde ich gefragt, welche Eigenschaft mich am meisten abstößt, ich antwortete: mangelnde Ernsthaftigkeit. Gegen sie streite ich Tag für Tag. Man sagt ein Wort, aber handelt nicht danach. Man verabredet sich, aber vergisst zu kommen. Man lobt etwas und vernachlässigt es trotzdem. Man achtet nicht auf Pünktlichkeit. Man beantwortet keine Briefe. Man vereinbart etwas zu tun, dann muss ich drei-, viermal daran erinnern und ermahnen; muss anrufen und vorbeikommen, um zu drängen. Es erniedrigt und verstimmt. Man tut es um der Sache willen. Ich tue es als Übung in der Ich-Verneinung. Doch gelingt sie, schafft dies weder Freude noch Leichtigkeit.

Immer noch falle ich auf mangelnde Ernsthaftigkeit herein, weil ich nicht mit ihr rechne. Im besten Gemeinschaftsgefühl wird etwas gesagt, von dem wir alle überzeugt sind. Man spürt die Kraft der Überzeugung in den anderen. Dann ist alles verpufft. Wer eine Zeitlang ernsthaft ist, aber diese Spannung nicht durchhält oder durchhalten will, ist der ernsthaft? Ist Ernsthaftigkeit teilbar? Kann sie vor dem gesetzten Ziel erschlaffen? Verblüfft stelle ich fest, wie rasch man kapituliert. Ich fühle mich jedes Mal wie verraten.

Bestehen gute Gründe, ein einmal begonnenes Unternehmen abzubrechen, ist es kein Heroismus, es auf Biegen oder Brechen durchzusetzen. Aber Mutlosigkeit, Unlust, ein Stimmungsumschwung dürfen keine Gründe sein.

– Kalimpong

45

Bikash. Ein junger Mann aus Bihar, arbeitet in der Bibliothek des Colleges von Belur. Er hat zwei Schwestern, die der Vater schon verheiratet hat, wobei er sich hoch verschulden musste. Wer kann die Schulden abarbeiten? Bikash, der Bruder, tut es, weil der Vater als Bauer dazu unfähig ist. Bikash hat zwei Jobs im College angenommen: einen in der Bibliothek und einen als Wächter am College-Tor. Er sagt, seinen Dienst verrichte er – täglich – von sechs Uhr morgens bis zehn Uhr abends. Das sagt er mit ruhigem Gesichtsausdruck; seine Augen strahlen Wärme aus. Sein Schicksal macht ihn zufrieden. Er weiß, was er tun muss, er hat als selbstverständlich angenommen, dass er sich jahrelang dafür aufopfert, damit die beiden Schwestern heiraten konnten – »versorgt« sind – und die Familie schuldenfrei wird.

Er trägt eine einfache weiße Leinenhose, ungebügelt, aber sauber. Der junge Mann hat einen kräftigen Brustkorb, man merkt, dass er trainiert, aber er redet sanft und leise. Bikash »hat ein Mädchen«, wie er mir zuwispert, nachdem ich direkt gefragt hatte, aber an Heirat kann er erst denken, wenn die Schulden beglichen sind. Wird sie so lange warten?, frage ich. – Vielleicht ... Ein Foto von ihr steckt im Geldbeutel, und er zeigt es mir bereitwillig.

Wie sehr wünsche ich, dass ihn das Leben nicht enttäuscht!

– Belur (bei Kalkutta)

46

Jadu. Ihn habe ich vor zehn Jahren kennengelernt, als der Schüler sich ein paar Rupien mit Zeitungsaustragen verdiente. Wir kamen ins Gespräch, ich lernte seine ärmlichen Verhältnisse kennen, manchmal kam er abends, um zu erzählen. Mich wunderte sein Gesichtsausdruck inneren Friedens, als sei er ein Yogi, ein Kind-Yogi. Wenn er lachte, wenn er redete, verschwand diese Harmonie niemals aus seinem Gesicht. Die Worte, die er sprach, zeugten jedoch nicht von besonderem intuitivem Wissen.

Er war kein brillanter Schüler; deshalb schien es aussichtslos, mithilfe guter Zeugnisse und Prüfungen oder Vorstellungsgesprächen einen Job zu ergattern. Nach nur zehn oder zwölf Schuljahren kann niemand auf eine Anstellung hoffen; die Konkurrenz von Schulabgängern ist erdrückend. Solche Jungen kommen im sogenannten »informal sector« unter – als Taxifahrer, als Hausmeister, Wächter ... Für handwerkliche Berufe sind sie sich aber zu schade, weil sie schulisch gebildet sind.

Ich vermittelte Jadu ein Pöstchen bei Lami, einer älteren alleinstehenden Akademikerin und leidenschaftlichen Tierliebhaberin. Als ich sie kürzlich – nach vielen Monaten – auf dem Weg traf, lieferte sie ein Paradebeispiel ihrer Versessenheit auf Tiere: Sie führte zwei Hunde an der Leine, ich wollte auf sie zugehen, um sie zu begrüßen und zwei Worte zu wechseln, denn wir kennen uns lange. Doch sie wehrte ab: Nein, nein, die Hunde mögen nicht, wenn sich mir jemand nähert. Sie sind eifersüchtig! – Ich war erstaunt. Ich sagte: »Wenn du die Hunde mir vorziehst, dann habe *ich* Grund, eifersüchtig zu sein. Was ist dir lieber?«

Lami holte Jadu ins Haus, gab ihm ein Zimmer, damit er ihre Tiere – Hunde, Katzen, ein Pferd – fütterte. Jadu war die Arbeit ungewohnt, aber er bemühte sich, auf die Tiere aufzupassen. Sie fühlten sich wohl bei ihm. Einige Wochen ging es gut. Als Lami auf Reisen ging, flatterte der Störenfried Amor vorbei. Jadu verliebte sich, schrieb den Namen der Verehrten hundert Mal hundert auf alle vier Wände seines Zimmers und vergaß sämtliche niederen Kreaturen.

Kurz, Jadu wurde per Funkspruch an Nachbarn aus dem Haus gejagt. Ich war zu der Zeit in Deutschland. Man rief mich an, denn ich war doch an allem schuld, weil ich Jadu empfohlen hatte. Ich telefonierte zurück an Lami, dann an Jadu, der mitsamt Lamis Hausschlüssel wieder bei seiner Familie untergekrochen war. Lami musste sich, zurückgekehrt, zuerst zu Jadus Armenviertel fahren lassen, um ihm den Hausschlüssel zu »entreißen«. Die Episode hat sie mir dramatisch am Telefon beschrieben. Selbst nach Santiniketan heimgekehrt, wurde mir klar, dass Jadu ihr ohne Widerspruch den Schlüssel ausgehändigt hatte.

Nach meiner Rückkehr entschuldigte ich mich hundert Mal hundert bei Lami, weil ich doch an allem schuld war. Den Jungen verlor ich aus den Augen. Er schloss die Schule ab, und was danach geschah, ist mir nie zu Ohren gekommen ... Bis vor einem Jahr, als Rinki, die Hündin, die mich »adoptiert« hat, die Krätze bekam. Ein Junge vom Hundeheim wurde gerufen, um Rinki zu behandeln. Ich erkannte Jadu erst, als er sich mit

Namen vorstellte. Rundlich war er geworden, sein Gesicht mit Glücksspeck bepackt. Aber wenn er lachte, sah ich wieder dem Schüler Jadu ins Gesicht.

Jadu hatte bei Lami seine Liebe zu Tieren entdeckt. Trotz dieses üblen Zusammenstoßes wuchs diese Liebe. Er schloss sich einer karitativen Organisation an, die ein Tierheim betreibt. Sie sterilisiert und impft Straßenhunde, versorgt verletzte Hunde, unterstützt Haushunde bei der Entbindung ihrer Winzlinge. Ich lud ihn ein, von Zeit zu Zeit abends vorbeizukommen. Es geschieht aber selten, denn immerzu ist er mit Notfällen beschäftigt, manchmal schickt er mir während einer Operation, bei der er fachmännisch assistiert, eine SMS. Kommt er doch vorbei, manchmal um elf Uhr nachts, hat er über nichts anderes zu erzählen, als von Hunden. Ein anderes Thema fällt ihm nicht ein. Jadu hat geheiratet und der junge Sohn geht ins zweite Schuljahr. Ob er Frau und Kind auch nur von Hunden erzählt?

Er ist stolz, dass er beinahe alles tun kann, was ein Tierarzt leistet. Notoperationen führt er allein durch, mit dem Arzt in Kalkutta am Telefon, der ihm Instruktionen gibt. Sein Söhnchen werde Tierarzt, sagt Jadu, und ist jetzt schon stolz darauf.

So viel Leidenschaft in einem Jungen – inzwischen ist er Anfang dreißig – ist rar. Wie kann es geschehen, dass an ihm der Wunsch nach Wohlstand, Karriere, nach einem festen Posten vorübergeht, den alle schulisch gebildeten Jungen und Mädchen umtreibt? Ich bete darum, dass er niemals – von Menschen – enttäuscht wird.

– Santiniketan

47

Kampflos aufgeben. Noch eine Lebensgeschichte, die von Sunil aus Ghosaldanga. Als Schüler schnitt er über dem Durchschnitt ab. Ein stiller Junge, gedrungen, mit träg-unbeteiligtem Gesichtsausdruck, tat er, was sein älterer Bruder Sona ihm riet. Dieser war »Beschützer«, sein »Lehrer« und »Guru«. In diesem Land ist man nicht für sich selbst verantwortlich – hierarchisch ist es immer der jeweils Höhere oder die jeweils Höhere. Sunils Vertrauen war praktisch, denn wer sein Leben in die Hände eines anderen Menschen legt, braucht selbst nicht nachzudenken und Entscheidungen zu treffen. Dem kommen keine Zweifel, der tut immer, was »richtig« ist.

Doch die Zeit kam, in der der Beschützer Sunil überforderte. Sunil musste sich neu ordnen und selbstständig entscheiden, ob er die Herausforderung annehmen wollte. Gehorsam sein und versagen? Sich wehren und einsam werden?

Als Sona ihn zu einer technischen Schule nach Narendrapur schickte, für die Sunil durch Sonas Beziehungen die Zulassung bekam, rannte er, – es dauerte keinen Monat – weinend nach Hause. Er habe sich doch noch nie so anstrengen müssen, murmelte er zerknirscht. Warum denn jetzt?! Das war entwaffnend ehrlich. Nackt wie ein Baby warf er sich wieder in Sonas Arme.

Mit der zwölften Klasse gab er die Schule auf und half der Familie, ihre Felder zu bestellen. Schon als Schüler hatte er den Acker gepflügt, nach der Schule eben. Er konnte, so kurz sein

Körper war, die Ochsen zum Gehorsam zwingen. Ein Zungenschnalzen reichte aus. Jetzt war er eben Bauer wie der Vater, wie der Großvater, wie die Älteren in Ghosaldanga. Doch nach einem Jahr oder zwei stellte die Mutter die unausweichliche Frage, wann Sunil heiraten wolle. Dass er heiraten würde, stand außer Frage, aber: wann?

Nun wurde es Sunil nach und nach klar, dass Arbeit auf den Familienfeldern nicht ausreichen würde. Heiraten kostet Geld. Er musste ein kleines Zimmer an das Familienhaus anbauen, in dem zumindest ein Doppelbett Platz finden sollte. Auch eine enge Kammer kostet Geld. Die Ziegel, das Holz für den Giebel und die Tür und ein Fenster. Ich heirate nicht, das gibt nur Ärger, sagte der 25-Jährige. Das heißt, er wollte es sagen, aber er wagte nicht, es auszusprechen. Sunil war in einem Dilemma und fühlte sich zum zweiten Mal aus dem Frieden seiner stillen Umlaufbahn geworfen. Sona stärkte ihm nicht den Rücken, weder für die Entscheidung für noch gegen eine Heirat. Er fühlte sich vom älteren Bruder alleingelassen, nein: verraten!

Zum ersten Mal schwante es dem erwachsenen Mann, dass er die Last seines Lebens selbst zu tragen hatte und dass eine Heirat dazugehörte.

Vielleicht empfand er für die gleichaltrigen Mädchen in seinem Dorf eine vage Zuneigung, aber fast alle waren mit ihm verwandt, was ihm jedes weitere Gefühl verschloss. Aus einem benachbarten Dorf erschien, von Sunils Eltern eingeladen, der Vater eines Mädchens. Sunil mischte sich nicht ein; mit einem kurzen Nicken zeigte er sich mit dem Mädchen einverstanden, für das sich die Eltern und Sona entschieden hatten. Sunil wollte die Auserwählte nicht einmal treffen. Die Eltern und Sona würden alles gut für ihn entscheiden. Warum sich schon jetzt aufregen? All das Neue, das hatte Zeit.

Mit meiner und Sonas Hilfe erhielt Sunil eine Autoriksha, denn wir waren der Meinung, dass ein Junge, der einen höheren Schulabschluss geschafft hatte, nicht zur Feldarbeit zurückkehren sollte. Eines Tages würden die Felder der Familie unter die fünf Brüder aufgeteilt. Wie viel blieb dann für jeden übrig? – Nicht genug, um eine Familie zu ernähren. Also zumindest die schulisch Gebildeten müssen hinaus in andere Berufe.

Sunil lernte fahren, ein anderer Rikshafahrer, Kartik, half ihm für ein paar hundert Rupien dabei.

Im Nachhinein wird mir bewusst, dass diese Berufswahl, der Sunil zugestimmt hatte, falsch war. Sie wich zu drastisch vom bäuerlichen Beruf seiner Familie ab. Kein Santal hatte in Bolpur und Santiniketan je eine Autoriksha gesteuert. Wer am Bahnhof oder an der Busstation Kunden fangen will, muss aggressiv sein, muss sich nicht nur anbieten, sondern ihnen bittend nachlaufen. Sunil blieb im Autoriksha sitzen und wartete. Sunil war beliebt, aber bei den Kunden hatte er mäßigen Erfolg. Bei der Rückzahlung der Autoriksha blieb er zurück. Man zeigte auf ihn und lobte, wie weit es die Santals inzwischen gebracht hätten. Doch so weit, wie es den Anschein hatte, war er nicht. Nach etwa drei Jahren hielt er den Druck nicht mehr aus. Er parkte seine Autoriksha neben seiner Hütte im Dorf und fuhr nur, wenn aus den umliegenden Dörfern eine Taxifahrt verlangt wurde. Das waren meist Kranke, die zum Arzt oder zum Krankenhaus gefahren wurden. Sunil behandelte sie mit liebenswürdigem Respekt. Vielleicht spürte er in seiner Hilflosigkeit eine Verbindung zu ihnen.

Den Rest der Zeit half er wieder den Brüdern auf den Feldern. Immerhin hatte er genug Geld erwirtschaftet, um das benötigte Zimmerchen hinzuzustellen, unverputzt zwar, aber solide, und das Doppelbett war auch schon drin und eine Tür eingesetzt. Jetzt konnte er seine Braut heimholen. Sunil befolgte brav die komplizierten Regeln und Riten einer Santal-Heirat, dabei schaute er seine verschleierte Braut nicht an – oder doch ein paar Mal aus den Augenwinkeln?

Seine Auto-Riksha hat Sunil nie vollständig abbezahlt, aber er hat sie auch nicht verkaufen wollen. Wie ein Statussymbol blieb sie, mit einer Plastikplane verhüllt, neben dem Hüttchen stehen. Vielleicht hatte Sona Sunils Schwiegereltern mit diesem Gefährt überredet, ihre Tochter in die Ehe mit Sunil zu geben? Deshalb musste es da stehenbleiben, gleichgültig, dass ein Reifen inzwischen platt war und nicht ausgewechselt wurde.

Sunil ist zufrieden, wenig zu haben, seine drei Mahlzeiten zu essen und dafür auf den Feldern zu arbeiten. Wenn es nach ihm ginge, könnte sein Leben so weiter und weiter, immer weiter gehen.

In Europa machen wir Karriere, weil die Gesellschaft darauf ausgerichtet ist. Unser Denken und Wünschen sind auf den wirtschaftlichen Fortschritt ausgerichtet. Dieser Dynamik zu *entkommen*, ist bei uns die Herausforderung.

Das Paradox ist, dass auch ich, der diese Erfolgsdynamik für sich selbst ablehnt, mich anstrenge, jungen Menschen in unseren indischen Dörfern zum wirtschaftlichen Fortschritt zu verhelfen. Ist es wirklich ein Paradox?

– Santiniketan

48

Was und wieviel. Was soll ich wissen? Wie viel soll ich wissen? Diese faustisch quälenden Fragen treiben mich seit Studentenzeiten um. Damals las und las ich und kam, natürlich, an kein Ende. Literatur, Philosophie, religiöse Texte, dann wissenschaftliche Bücher, Geschichte, Mythologie ... Sind diese Fragen überhaupt berechtigt? Geht es bei der Lektüre um Gewinn? – Gewiss. Es geht um die gegenwärtige Freude am Gelesenen, um das Sich-Orten in Welten, die nicht die eigenen sind, die darum Erstaunen, Freude, Orientierung, Entschlüsse auslösen. Es geht aber auch um einen Langzeitgewinn an Erfahrungen, die weiterwirken, unbewusst oder bewusst, vor allem in Krisen und Gefahren, die in Entscheidungsmomenten schützend und beratend ihren Einfluss ausüben. Es geht um den Reichtum unserer emotionalen, intellektuellen und seelischen Welten, die uns regieren und uns unsere kreative Zufriedenheit schenken, aber ebenso unsere kreative Unzufriedenheit, die uns weiterdrängt, uns hellwach sein lässt – und sich vor allem auf die Erwartungen und Nöte anderer Menschen richtet.

Werde ich je ein »Rüstzeug« an Wissen gesammelt haben, das wie ein Kapital wirkt, mit dessen Zinsen ich durch die Höhen und Tiefen des Lebens wandern kann, ohne meinen inneren Halt zu verlieren?

– Santiniketan

49

(Un)Frieden. Mich überrascht es immer neu, dass Menschen nicht in Frieden miteinander leben können. Mir scheint, es braucht nur einen inneren Ruck, um mit dem anderen freundlich umzugehen und das Leben anderer in das eigene einzubeziehen. Was fehlt diesen Menschen, die auf ihren Ressentiments, ihrer Feindseligkeit beharren, anstatt zur Kooperation bereit zu sein? Ohne innere Einigkeit zu verlangen, muss doch eine praktische gegenseitige Anpassung möglich sein?

Dass ich zu idealistisch denke, beweist mir jeden Tag die Wirklichkeit. Da gibt es über Jahre und Jahrzehnte gewachsene Abneigungen und Verhaltensweisen, die zu tief in der Psyche verankert sind, als dass man sie mit einem »inneren Ruck« überwinden könnte. Die Aggressionen entladen sich, sobald sie gelockt werden. Mehr formale Bildung würde zu größerer Kompromissbereitschaft führen, zu Versuchen zu vermitteln und auszugleichen. Formale Bildung stärkt Rationalität und warnt vor der Macht des Egoismus. Sie sollte uns darin schulen, immer das Gesamtbild zu erkennen und in ihm unsere Probleme kontextuell zu beurteilen und – schließlich zu lösen.

– Santiniketan

50

Gräben und Kabel. Wieder ist eine Mannschaft in unserem Viertel unterwegs, um Gräben auszuheben und darin Kabel zu verlegen. Wieder hauen sie mit ihren Hacken munter die bereits verlegten Kabel durch, versehentlich natürlich. Aber es geschieht jedes Mal, wenn ein Bautrupp durchs Gelände zieht. Karten, auf denen der Verlauf der bereits vorhandenen Kabel aufgezeichnet wäre, gibt es nicht. Einen Aufseher, der Acht gibt und den Arbeitern auf die Hände schaut, gibt es auch nicht.

Innerhalb einer Stunde sind die Telefonleitung und die Breitbandleitung kaputt. *Ein* neues Kabel ist verlegt worden, *zwei* andere sind durchgeschlagen. Es wird ein, zwei Wochen dauern, bis der Schaden behoben ist. Derweil dürfen wir sehen, wie wir zurechtkommen. Eine Entschuldigung, Erklärung oder Ankündigung von Dingen, die kommen werden, sind unüblich. Irgendwann wird das Telefon wieder funktionieren. Bis dahin: *chhutti*! Urlaub. Die Bauarbeiter selbst brauchen weder Telefon noch Breitband noch andere Leitungen. Bis fünf hauen und hacken sie schwitzend und unbesorgt. Und kassieren den Tageslohn. Der ist ihnen wichtig.

– Santiniketan

51

Was soll ich machen? Es regnet und stürmt und ein Arbeiter sucht auf meiner Veranda Zuflucht. Ich gebe ihm einen Schemel. Er hat Schüttelfrost und Fieber. Ich gebe ihm trockene Kleider, die er wortlos überzieht. Da sitzt er apathisch und mit geschlossenen Lidern.

Was soll ich tun? Wird er weggehen können? (Ich will keine Unterbrechung in meiner Arbeit!)
Soll ich ihm Medikamente kaufen? (Ich habe andere Pläne, habe zu tun ... muss anderen Menschen helfen.)

Soll ich ihm eine Matte geben, damit er sich legen kann? (Jetzt ist *dieser* Mensch dran. Er braucht Hilfe. Sonst gilt jetzt nichts.)

Schließlich will er zur Bushaltestelle gehen. Wird er es zu Fuß schaffen? Soll ich ihm eine Riksha besorgen? Drei Mal frage ich.

Langsam, wie schlafwandelnd, geht er davon. Ohne ein Wort, auch ohne einen Blick. Die trockenen Kleider behält er, ebenso ohne eine Frage oder eine Geste.

Gern hätte ich gewusst, was ihm fehlt. Ein Virus? Eine Grippe?

Er verschwindet aus meinem Leben.

– Santiniketan

52

Wer bist du? Im alten Griechenland, lese ich, fragte man einen Fremden nicht sogleich nach dem Namen und seiner Herkunft. Das gebot die Gastfreundschaft. Dem steht in Indien die Sitte gegenüber, mit dem ersten Satz nach Herkunft – »To which country do you belong?« – und Namen zu fragen. Unter Indern ist noch wichtiger, in welcher Familie man geboren wurde. Welchen Beruf hat der Vater? Welche berühmte Person kennt er, wer ist sein Guru, welche bekannten Verwandten kann man aufzählen? Aus welchem sozialen Milieu stammt die Mutter? Wie viel Bildung hat sie? In welchem College hat sie studiert? Alles das ist wichtig zur Bekanntmachung. Die Person, die vor einem sitzt, genügt nicht, um sich gegenseitig sympathisch oder unsympathisch zu finden. Stets sind Rang, Prestige, Hierarchie im Spiel. Im normalen Sprachgebrauch ist eine »gute Familie« eine gebildete und erfolgreiche Familie, am besten noch eine, in der auch die letzten drei Generationen gebildet und erfolgreich gewesen sind. Wer aus einer solchen Familie stammt, hat ausgesorgt, der fällt nicht aus dem sozialen Netz.

– Santiniketan

53

Baje ist tot. Madan berichtet am Telefon aus Kathmandu, dass Baje, sein Großvater, in Merangdi gestorben sei. Als er über immer heftigere Atemnot klagte, brachten ihn vier Männer vom Dorf auf einer Pritsche zum Krankenhaus in Sallery. Über die steinigen Wege hinunter ins Tal und hinauf in die Marktstadt, immer darum besorgt, dass die Pritsche waagerecht blieb, damit der alte Mann nicht herunterfiel. Es waren junge, trainierte Männer, die den Weg in gut drei Stunden schafften. In Sallery blieb Baje nur eine Nacht. Er bekam eine Sauerstoff-Maske, er schnaufte und schnappte immer weiter, die ganze Nacht durch. Mit geschlossenen Augen flüsterte er am Morgen, man solle ihn nach Hause tragen. Die vier Männer hoben ihn auf die Pritsche und wanderten so rasch sie konnten hinunter zum Bach und hinauf durch zwei, drei Dörfer am Hang nach Merangdi zurück. Der Großvater wollte in seinem Haus sterben, er wartete, und als die Männer die Holzpritsche auf dem Erdboden abstellten, da versammelten sich die Männer und Frauen, auch die Kinder, um ihn. Nun durfte er sterben. Sein Tod war wie das Dankgebet am Ende einer Mahlzeit.

– Santiniketan

EUROPA

54

Angekommen! Deutschland ist in der Mitte der Welt angekommen. Seit den harten Nachkriegsjahren hat Deutschland auf seinem Territorium einen langen, beispiellosen Frieden genossen. Weder von außen noch vom eigenen Volk ist dieser Friede gestört worden. Menschen, die in den letzten Dutzend Jahren ins Rentenalter eingetreten sind, sowie alle Jüngeren haben nie einen Krieg erlebt, nie Lebensmittelknappheit, nie Epidemien. Westdeutsche Soldaten waren von militärischen Aktionen im Ausland nur selten betroffen. So haben mehrere Generationen von Westdeutschen ein gesellschaftliches Umfeld erlebt, das im Vergleich zu beinahe allen anderen Regionen der Welt, dem Nahen Osten, der arabischen Welt, dem indischen Subkontinent, Russland und seinen ehemaligen Satellitenstaaten, Afrika, aber auch China eine ungewöhnlich friedliche gesellschaftliche Entfaltung und Selbstverwirklichung ermöglichte. Deutsche im Osten Deutschlands sind ab den 1990er-Jahren dazugekommen.

Wir haben instinktiv geglaubt, dieser Zustand sei der normale der Welt und haben daraus ein Recht auf unser Wohlstandsleben abgeleitet. Wir haben nicht gespürt, wie privilegiert wir in den Jahrzehnten seit dem Wiederaufbau nach 1945 geworden sind und wie stark in anderen Weltregionen Not und leidvolle Unsicherheit geherrscht haben. Wir haben es nicht gespürt, obwohl seit zwei Generationen die Jugendlichen Deutschlands eine bisher nie erlebte Mobilität entfalten. Sie reisen in die entlegenen Weltgegenden, sie treten in Krisenregionen ein und eine kleine Anzahl hilft sogar bei der Bewältigung der Krisen mit. Sie alle sind Zeugen des »Normalzustands« dieser Welt.

In diesen Monaten ergießen sich Hunderttausende von Flüchtlingen aus den Kriegs- und Hungerländern der Welt in unser Land. Wir sind in der »Mitte der Welt« angekommen, will sagen: Die großen Probleme dieser Welt sind auch unsere Probleme geworden. Sie überschwemmen uns von außen, binden unsere gesellschaftlichen Kräfte und beschäftigen vor allem unsere Fantasie und Ängste. Plötzlich sind die Ängste, mit denen die Menschen in den meisten Weltregionen schon immer gekämpft haben, auch unsere geworden.

Menschen, für die wir in den letzten Jahrzehnten gespendet haben, denen wir Pakete geschickt, für die wir Patenschaften übernommen, über die wir im Fernsehen Dokumentarfilme angeschaut haben, treten nun scharenweise in unser Land ein. Plötzlich erkennen wir, dass unsere Spenden und Patenschaften und unsere mediale Anteilnahme recht bequeme Mittel gewesen sind, mit dem millionenfachen Schicksal dieser Menschen »fertig zu werden«. Jetzt stehen diese leibhaftig vor uns und wir spüren, dass es nicht damit getan ist, unser altes Sofa statt auf den Sperrmüll in die Heime der Flüchtlinge und Asylbewerber zu tragen.

Immer haben wir darunter gelitten, dass wir den Armen und Rechtlosen in fernen Ländern nicht unmittelbar und sichtbar wirksam helfen konnten. Seit einigen Wochen ist diese Möglichkeit der unmittelbaren Hilfe und Zuwendung gegeben. Es geht ein Ruck durch unsere Gesellschaft. Viel böses Blut kocht hoch, aber ebenso erstaunlich viel guter Wille und viel positive Energie werden frei. Vor allem aber zeigt sich Hilflosigkeit, wie man diesen Menschen, von denen viele auf Dauer unsere Nachbarn werden, begegnen soll, wie diese Nachbarschaft aussehen kann.

Neben gutem Willen und positiver Energie ist jetzt vor allem Kreativität vonnöten, sowie die Fähigkeit, flexibel und zielgerichtet zu handeln. Unsere liebgewordenen Denk- und Handlungsschemata überdenken und revidieren wir jetzt. Viel selbstlose, unbürgerliche, dem menschlichen Du zugewandte Handlungsmöglichkeiten müssen jetzt individuell und in Gruppen erprobt werden, neue Formen des Zusammenlebens ausgedacht und ausprobiert werden. Während ich durchs Land reise, merke ich, dass dieser Prozess schon überall begonnen hat.

Wem es an Mut fehlt, sich dieser enormen Herausforderung zu stellen, der bedenke, dass unmittelbar nach dem Krieg, als Deutschland zerstört und die Bevölkerung verarmt war, über dreizehn Millionen Flüchtlinge – die aus Osteuropa Vertriebenen – im damaligen Westdeutschland Aufnahme fanden. Es ist damals möglich gewesen, diesen Menschen eine neue Heimat zu geben. Dann kamen die Gastarbeiter, die auf Einladung ins Land strömten. Schließlich wurde vor 25 Jahren die Bevölkerung von Ost- und Westdeutschland vereinigt, ein nationales

Projekt, das noch nicht abgeschlossen ist, das aber nicht mehr misslingen kann.

Seit ich in Indien lebe, empfinde ich, dass ich, indem ich die Probleme der Menschen teile, im Zentrum der Welt wohne. Millionen waren und sind auf der Flucht: in Indien von den Dörfern in die Städte, anderswo weg von Bürgerkrieg und Terror. Das Gefühl der Irrealität, das mich oft beschlich, wenn ich Deutschland besuchte, ist plötzlich weg.

– Boppard

55

Lange Gänge, helle Büros. Ich komme von einem Besuch bei einer karitativen Organisation zurück. In der ganzen Welt verteilt sie jährlich Spendengelder in Höhe von vielen Millionen. Wie hatte ich mir das Haus, in dem dieses Geld verwaltet wird, vorgestellt? Als ich hindurchging, erstaunte, nein, erschrak ich über die langen Gänge, die geordneten, übersichtlich eingerichteten Büros, in die viel Licht durch die großen Fenster fiel. Die Stühle rückenfreundlich. An den Wänden rahmenlose farbige Fotos von Kindern in Afrika und Asien. Freundliche Darstellungen, die offenbar den Segen verbildlichen sollten, der von diesem Institut auf die Menschen fällt. Eine stille Reklame. Ansonsten viele Geraden, viele Rechtecke, viel weiße Wandfläche, viel Nüchternheit und Funktionalität.

Aber bitte! Was hatte ich erwartet? Unbewusst erwartet hatte ich eine Atmosphäre des leidenschaftlichen Engagements für den Menschen. Eine Unruhe, einen Schmerz. Ich hatte

Menschen erwartet, die kraft ihrer Verantwortung geschult sind in konzentrierter Wachheit. Ich stellte mir vor, dass es »knistert« vor Wachsamkeit.

Ich sah Manager, Organisatoren, Menschen, die den Nutzen der finanziellen Zuwendungen (für die Armen und Entrechteten) abwägten, Menschen, die ihre Bewertungsraster und -normen besaßen und sich streng und ehrlich daran hielten.

Das war nicht »Wachsamkeit«, auch keine kontemplative Teilnahme am Leid der Menschen. Hier lerne ich einen neuen Typ von Menschen kennen, der sein Engagement für Gerechtigkeit mitten aus seiner bürgerlich-gesicherten Existenz ausübt, die er nicht in Frage stellt. Dieses Engagement bedeutet nicht Mitleiden, sondern sieht sein Ziel im organisatorischen Gestalten, im nüchtern zielgerichteten Handeln zugunsten des größeren Wohls einer möglichst großen Zahl von Menschen.

– Boppard

56

Alles verlassen, wie geht das? Die Flüchtlinge, die Krieg und Hunger an die Grenzen Deutschlands spült: Sie haben alles verlassen. Ich versuche, mir das eine Minute lang vorzustellen: alles verlassen haben. Alles, was mit Händen zu fassen ist; alle Menschen, mit denen man lange zusammengelebt hat, die man liebt, die man braucht, die man selbst gestützt hat. Die Felder der Familie verlassen, die wie ein Teil von einem selbst sind; das Haus, das die eigenen Hände erbaut haben; die Bücher, die man gelesen hat und immer wieder lesen möchte, um im Gleichgewicht zu bleiben.

Flüchtlinge, die Hunderte von Kilometern marschiert sind, oft mit Kindern auf den Schultern, oft mit der Frau neben sich, die man schützen will, auf die man Rücksicht nehmen muss. Was heute essen, wo diese Nacht schlafen, was morgen essen?

Passierte mir das, könnte ich diese Herausforderung bestehen? Welche Schwere des Leidens, der Sorge, der existenziellen Angst! Was bedeutet »das nackte Leben retten«?

Franziskus, du bist so gewandert, du hast dieses Leiden gespürt – und angenommen. Du hast dieselbe existenzielle Angst bekämpft.

Kommt, die ihr mühselig und beladen seid. Der eine trage des anderen Last! – Das müsste man hinausschreien, damit es alle hören.

– Boppard

57

Einmal hin und zurück. Von Boppard nach Viersen und wieder zurück. Auf der Hinfahrt sitzt mir Richard gegenüber. Zerschlissene Jeanshose, ein schmales, zartes, feminin-feines Gesicht, geradezu unschuldige Züge. Dunkle Haut, aufgetürmtes schwarzes Haar. Hektisch fingert er an seinem Handy und redet und redet hinein. Dann kommen wir ins Gespräch. Absichtlich frage ich nicht nach seiner Herkunft. Sein Deutsch ist das eines Menschen, der in Deutschland geboren ist. Schließlich kommt der Grund seiner Unruhe heraus: Gestern war er in Dortmund in eine Rauferei verwickelt. Die Nacht hat er in Polizeigewahrsam verbracht. Handschellen! Er ist von Reue geschlagen. Warum bin ich wieder aggressiv geworden? Warum nur? Das bringt doch nichts! ... Ich rede ihm wie ein Seelsorger zu. Immer wieder dieser Ausdruck kindlicher Reue im Gesicht. So darf ich nicht weitermachen. So nicht, so nicht! Zum Schluss verabschieden wir uns per Handschlag. Ich gebe ihm meine Adresse.

Auf der Rückfahrt steigen Kurden ein, eine ganze Familie. Sie fahren nach Luxemburg, erzählt der Mann, der offenbar die Verantwortung hat. Die Flüchtlinge sind nach Luxemburg geschickt worden. Dort ist die Aufnahmestelle. Wir nennen unsere Namen. Der Mann ist fröhlich, robust, voller Energie. Wenn ich doch die Quellen dieser Vitalität verstehen könnte. Zuversicht? Gottergebenheit? Genugtuung, endlich in der Mitte Europas angekommen zu sein? Das Gefühl, jetzt sei alles überstanden?

– Boppard

58

Rätsel des Hasses. Wie lange Menschen ihren Hass aushalten können! Die zerstörerische Energie des Hasses muss einen doch aussaugen. Da wächst Abneigung gegen einen Menschen, ist zunächst diffus, unklar, unsicher und findet dann immer mehr und triftigere Gründe für Hass, der schärfer und ätzend wird und sich mit Widerhaken in seinen Gegenstand hineinbohrt. Der Gehasste ist kein Mensch mehr, sondern zuletzt nur »Gegenstand« ohne Gefühle und Verstand.

Die Liebe wird schwächer, wenn sie keine Nahrung bekommt. Man vergisst die Liebesmomente, die Erinnerung wird blass und vermischt sich mit anderen Bildern und Stimmungen. Zuletzt bleibt die Anstrengung des Willens übrig, jemanden weiterzulieben. Doch der Hass nährt sich aus sich selbst, er sät sich selbst fort. Auch wenn der Gehasste als Person aus Fleisch und Blut nicht gegenwärtig ist, Hass lässt nicht nach.

Hass braucht keinen Gegenhass, um entflammt zu werden. Er weidet sich an der »Schwäche« des anderen, der zu Hass weder den Mut noch den Wunsch hat. Was macht ihn so stark aus sich selbst? Die Erwartung und Zuversicht, Schmerz zuzufügen? Der Urspaß an Zerstörung? Das Gefühl der Macht über den Gehassten? Die Fantasien des Hasses bleiben wohl länger heftig als die der Liebe, eben weil sie den »Gegenstand« nicht lebendig vor sich brauchen.

Ich erinnere mich an Günter Grass, der einmal sagte: »Gehässige Kritik macht mir nichts mehr aus.« Doch kaum ausgesprochen, verbesserte er sich: »Das stimmt nicht. Gehässige Kritik verletzt immer, sie lässt immer Spuren zurück.«

– Frankfurt Hauptbahnhof

59

Biblische Flüchtlinge. War unsere Situation in Deutschland je biblischer? Die Flüchtlinge sind die »Heilige Familie«, die in der Fremde keine Herberge finden. Sie sind die ihrer Menschenwürde Beraubten, an denen die Menschen vorbeigehen, bis vielleicht ein Samariter stehenbleibt, der sie aufhebt. Die Flüchtlinge sind die mühselig Beladenen; die Geringsten der Brüder und Schwestern, denen wir uns unmittelbar zuwenden sollten, um Jesus Christus' Aufforderung zu erfüllen.

War die Aufforderung je direkter, deutlicher, gezielter an uns gerichtet? Die Gleichnisse werden Wirklichkeit. Niemand kann sich herausreden, es seien nur Gleichnisse.

– Boppard

INDIEN

60

Kamals Vater. Sein Vater ist schwer krank, geht es zu Ende? Kamal trommelt die Familie zusammen. Per Mobiltelefon ist das heute einfach geworden, niemand schickt Boten in ferne Dörfer. Der uralte Mann hat die Familie in den letzten Jahren gequält. Immerzu verlangte er Aufmerksamkeit, und bekam er sie nicht, spielte er krank und röchelte, machte in die Hose, riss aus. Mehrmals fand man ihn schließlich ein paar hundert Meter entfernt in einem Haus oder am Wegrand sitzend oder im Tempel. Nachts ließ er die Familie nicht schlafen, rief nach einem Becher Wasser oder nach einem Wedel, um Moskitos abzuwehren.

Als einziger Sohn hat Kamal alle Verantwortung. Um sich keinen Vorwürfen auszusetzen, darf er kein Risiko eingehen. Sobald der Vater schwach wird, bestellt Kamal wieder den Arzt, der teure Medikamente verschreibt, die Freunde werden gerufen, um dem Alten die Hand zu halten. Niemand soll Kamal später vorwerfen, er habe nicht an alle und alles gedacht. Es ist ein kostspieliges Dilemma.

Ein Onkel verlangt, den Neunzigjährigen ins Krankenhaus zu fahren. Vielleicht könne man noch »etwas tun«. Da weigert sich Kamal und bleibt stark. Die Reise ins Krankenhaus in der Stadt würde die Qual des alten Menschen nur steigern. Für eine Ambulanz ist kein Geld da. Den Mann in eine Autoriksha packen und festhalten? Bei den holprigen Straßen würde er kotzen, würde er sterben, würde er ..., sagt Kamal. – Aber wir müssen es versuchen, sagt ein älterer Verwandter, der sich bisher am Familienwohl nie beteiligt hat, weder finanziell noch sonstwie. Sein Alter gibt ihm Autorität. Kamal ist ratlos.

Ich bitte Kamal, den Vater zu Hause zu lassen, solange er über keine Schmerzen klagt. Lass ihn in Frieden zu Hause sterben, sage ich, und damit drücke ich aus, was alle denken, aber niemand aussprechen will. Kamal stimmt zu. Aber ich weiß, dass die aufgeregte Großfamilie irrational werden könnte und letzte Lebensrettungsversuche verlangt. Im Krankenhaus noch ein paar Injektionen. Im lärmenden, dreckigen Krankenhaus von Bolpur, bis der Arzt selbst den Sterbenden als »hoffnungslosen Fall« in die Familie zurückschickt. Alles nur, damit sich Kamal später nicht sagen lassen muss: Du hast ihn umgebracht. Er hätte noch leben können!

– Santiniketan

61

Du arbeitest nicht! Lakshmiram hat sich schließlich von seinen beiden Brüdern getrennt. Sie arbeiten auf den Feldern wie ihr Vater, während Lakshmiram eine Anstellung als Buchhalter hat und ein ausreichendes Monatsgehalt bezieht. Er geht nicht auf die Felder und wirft den Ochsen kein Futter mehr vor. Die Brüder lehnen sich gegen ihn auf: Er tut nichts, er sitzt nur herum. Für sie besteht Arbeit aus körperlicher Anstrengung. Lakshmiram bietet an, dass er dem Familienhaushalt monatlich eine Geldsumme beisteuert. Das lehnt der Vater ab. Geld ist für ihn zu abstrakt. Nur die sinnenhaft erfahrbare Welt gilt. Die Arbeit, die den Reis und das Gemüse und den Senf reifen lässt, das ist Arbeit, und diesen Beitrag braucht die Familie. Anspruch auf ein Zimmer in der Familienhütte für sich, Frau und Sohn hat Lakshmiram, aber nicht auf die Mahlzeiten. Also kocht die Frau auf der Veranda getrennt. Zweimal wird auf derselben Veranda jeden Morgen das Kochfeuer entzündet und je ein Topf Reis aufgestellt. Zweimal Holz verbrannt; zwei Frauen tun, was eine ebenso tun könnte. Doch solche Effizienzvergleiche gelten im Dorf nichts.

– Santiniketan

62

Termine, Termine! Die Zukunft ist eine angenehm leere, weite Fläche, ein Horizont, der so fern im Dunst liegt, dass seine Hügel und Täler nicht beunruhigen ... So empfinden es viele indische Dorfbewohner, deren einzige konkrete Zukunft die nächste Ernte ist und einige Feste, die das Jahr von Aussaat und Ernte akzentuieren.

Aber leben Städter anders? Ihr Zukunftshorizont ist erleuchtet von Hochzeiten, Familienfesten, Götterfesten. Doch was wir Geschäftstermine nennen, die auf Tag und Stunde festgelegt werden müssen, vermögen auch gebildete und geschäftstüchtige Inder nur für die nächsten paar Monate zu planen. Ich höre von deutschen Geschäftsleuten, die in Indien keine Termine über drei Monate hinaus verbindlich absprechen können. Die planende Fantasie, die die Zeit strukturiert, Wegmarken setzt, reicht nicht weiter. Danach kommt das wunderbare Feld der Visionen und Träume oder der Absichten und Wünsche, die in keinen verpflichtenden Zeitrahmen gepresst werden müssen.

Will man sich die Zukunft »fernhalten«? Man will nicht an sie denken, sie also auch nicht »verplanen«? Ist es ein Mechanismus, der ein konfliktfreies »Im-Augenblick-Leben« begünstigt? Oder eine Vogel-Strauß-Strategie, die hofft, die Probleme würden sich von selbst lösen? Beides, gewiss, aber wesentlicher, meine ich, drückt sich darin eine Mentalität aus, die gewohnt ist, beschützt von einem Vertrauen ins Sein zu leben und darum das durch den Lauf der Zeit sich Zusammenballende gar nicht zu sehen vermag.

– Santiniketan

63

Sich abgeben. Zum ersten Mal in meinem Leben schlucke ich jeden Tag ein Medikament. Es war nicht mehr abzuwehren. Immerhin habe ich lang genug ohne eines gelebt. Andere tragen ihr Medikamentenkästchen schon seit Jahrzehnten mit sich wie ihre Brille und einen Kugelschreiber.

Das ist kein Trost. Das Gefühl, sich nicht mehr selbst zu gehören. Der natürliche Zyklus von Schlaf, Ernährung, Bewegung, Arbeit, Schlaf scheint zerstört, weil er nicht mehr ausreicht, um sich am Leben zu erhalten. Man hat sein Leben abgegeben an ein Äußeres, das man aus sich selbst weder erzeugen noch verstehen kann.

Ein Bewusstsein des reduzierten Lebens.

– Santiniketan

64

Was heißt Demut? Demut heißt nicht, dass man Beleidigungen und andere Erniedrigungen schweigend hinnimmt. Ungerechtigkeit gegenüber anderen und auch gegen sich selbst zu akzeptieren, führt nicht zur Demut. Demut hat die Schaffung und Wahrung der Gerechtigkeit zum Ziel. Darum soll ein nach Demut strebender Mensch nüchtern und genau abwägen, was Gerechtigkeit fördert und was sich gegen den Geist und die Anliegen der Gerechtigkeit richtet. Nüchtern! Das heißt, ohne Selbstverliebtheit, ohne Ich-Bezug, um fähig zu sein, nicht nur sich selbst zu verteidigen, sondern selbst-vergessen alle, die ungerecht behandelt werden.

– Santiniketan

65

Wie sich entscheiden? Je bewusster man eine Wahl trifft, desto bereitwilliger bezweifelt man sie. Die wichtigen Entscheidungen sollen nie nur rational, sondern intuitiv gefällt werden. Hast ist ein Feind der weisen Lebensführung. In der Nacht kann Intuition wachsen. Sie verlangt, dass ich bereit bin, lang zu warten, lang die Sache in mir zu bewegen, bis eine Wahlmöglichkeit mich so durchdrungen hat, dass sie unabweislich geworden ist.

– Santiniketan

66

Gelassenheit. Martin Heidegger empfahl die »Gelassenheit zu den Dingen«. Ist sie in unserer digitalen Welt möglich? Er schreibt: »Wir lassen die technischen Gegenstände in unsere tägliche Welt herein und lassen sie zugleich draußen, d. h. auf sich beruhen als Dinge, die nichts Absolutes sind, sondern selbst auf Höheres angewiesen bleiben. Ich möchte diese Haltung des gleichzeitigen Ja und Nein zur technischen Welt mit einem alten Wort nennen: die Gelassenheit zu den Dingen.«[1]

Ist dieses abwägende Benutzen bei digitalen Gegenständen möglich? Sind die digitalen Dinge Gegenstände, denen man aus diesem disziplinierten inneren Unbeteiligtsein gegenüberzutreten fähig ist? Blicke ich mich auf den Straßen, in Restaurants, in Zügen und Bussen, auf Konferenzen und bei privaten Familienbesuchen um, heißt die Antwort: Nein. Ich bemerke, wie selbst Menschen aus jenen Generationen, die erst im reiferen Alter mit dem Digitalen konfrontiert wurden, ihm ausgeliefert sind. Von den Gewohnheiten der Jugend zu schweigen, die mit Mobiltelefonen, Internet und Smartphones aufgewachsen ist und sie traumwandlerisch bedienen.

1 Martin Heidegger: Gelassenheit. Verlag Günther Neske, Pfullingen 1959, S. 23.

Das sind eben nicht nur »Gegenstände« wie zur Zeit von Heidegger; es werden zusehens roboterhafte Wesen mit einem eigenen »Willen«, mit einem »Gegenstandswesen« (nennen wir es so), in denen eine eigene, in sich stimmig funktionierende Gegenwelt versteckt ist, die sich aggressiv mit unserer menschlichen verbinden will. Diese Gegenstandswesen schicken Signale, oft eine Skala von Tönen, auf die wir Menschen sprunghaft reagieren – ja, wie »versessen«. Das Gegenüber von Menschen, ihre Gespräche, ihre Diskussionen, ihre platonisch-pädagogischen Dialoge sind abgewertet gegenüber dem Herrschaftsanspruch des digitalen Kosmos.

Die Gegenstandswesen sind wie Bomben, die nach außen harmlos gerundet aussehen, aber in sich Explosion, Zerstörung, auch Befreiung, jedenfalls eine Kraft verbergen, die die Möglichkeit der Bändigung durch einen einzelnen Menschen übersteigen.

Die Attraktion des Digitalen lässt das gelassene Abwägen zwischen Ja und Nein kaum zu. Früher glaubten wir, die Technik könne »humanisiert« werden. Heute unterwirft man sich mit Entzücken den Funktionsbedingungen des Digitalen.

Auch ich besitze ein Smartphone und ein Mobiltelefon und benutze das Internet. Aber ich setze mir Prioritäten. Ein konzentriertes Gespräch ist immer wichtiger als ein Anruf auf dem Smartphone. Der muss warten. Praktisch ist, dass man stets zurückrufen kann. Das Lebend-Gegenwärtige, das Unmittelbare soll sich das Digitale unterordnen, ihm nicht hörig werden.

– Santiniketan

67

Was ist Meditation? Jeden Morgen können wir durch die Meditation in jenen seelischen Urzustand zurückkehren, in dem alles Gegenwärtige – seien es Gefühle, Stimmungen, Gedanken, Pläne, Wünsche, sei es eine Liebesbeziehung oder eine sich aufdrängende Abneigung, sei es Trauer, Enttäuschung oder Entzücken über Erfolge, Glücksempfinden und Engagement für eine Sache oder einen Menschen – zusammenschmilzt oder aufgehoben und veredelt wird, aufgehoben in einer Totalität, die nichts Einzelnes mehr kennt und will.

Meditation ist das Sich-in-Beziehung-Setzen mit dem Kosmos – mit der Natur, den Lebewesen, den Winden und der Sonne und dem Weltall. Das ist eben nur möglich, indem mutig die Totalität angenommen wird und jedes Einzelne damit verschmilzt, jedoch nicht zerstört wird. Diese Berührung mit dem Totalen veredelt, weil Meditierende danach, wieder aufgetaucht, erkennen, wie kleinlich alles Kleinliche an ihrem Wahrnehmen und Denken ist, und dass sie sich zum Großherzigen erziehen sollen. Dieser Sog zum Wahrnehmen des Ganzen kann nach der Meditation bis zum Abend in uns wirksam bleiben.

– Santiniketan

68

Goa ohne Strand. Goa besuchen, ohne das Meer zu sehen, das ist beinahe wie das eigene Kind zu besuchen, ohne mit ihm zu reden. Goa ohne die Kirche der Unbefleckten Empfängnis, ohne die Basilika in Alt Goa: Das ist, als sei man nicht da gewesen. Wer den Genius einer Stadt nicht erlebt hat, kann der etwas aus dieser Stadt mitnehmen – einen Eindruck, eine Stimmung, einen Vorsatz, ein Etwas, das die Sehnsucht weckt, wiederzukommen? Städte sollen wie Persönlichkeiten wahrgenommen werden, man muss ihnen begegnen, ihnen zuhören, sich aus ihrer Geschichte erzählen lassen. In jeder Stadt soll man selbst ein neuer Mensch werden, anders als in jeder vorigen. Diese Anverwandlungen brauchen Zeit.

Geschäftsleute fliegen dahin und dorthin, um ihre Geschäfte abzuwickeln. Sie besuchen Städte mit Sehnsuchtsnamen. Dafür lassen sie sich beneiden; darüber reden sie gern. Gewiss, sagen sie, habe ich die Kathedrale gesehen (nämlich vom Flugzeug). Ja, nachdem am Abend der unterzeichnete Vertrag gefeiert worden war, hätten sie kurz am Meer gestanden. Nichts haben sie gesehen, weil sie den Dingen keinen Augenblick der Verinnerlichung gewidmet haben. Genauso hätten sie sich zu Hause im Sessel ein Foto anschauen können.

Eine Stadt lebt immer nur aus dem Ganzen, ebenso wie ein Mensch nicht nur im Kopf, im Bauch, im Gedärm oder im kleinen Zeh lebt. Schmerzt der Fuß, krankt der ganze Mensch. Fliegt man nur zum Strand, ist das, als wenn man nur die Nase oder die Augen eines Menschen genießt. Es ist eben kein Genuss, da jede Nahperspektive weder die Harmonie noch die Spannungen erschließt, die nur das Ganze freigibt.

– Goa

69

Literatur oder Autor? Zum Literaturfest war ich eingeladen, und ich blieb noch zwei Tage. Solche Literaturfeste zeigen einen Trend, der auch in Deutschland um sich greift: Literatur als Event zu feiern, bei dem der Schriftsteller als Mittelpunkt anwesend sein muss. Aber soll Literatur nicht *gelesen* werden? Was haben wir Autoren noch zu tun, nachdem unsere Bücher gedruckt sind? – Viele Verlage verlangen, dass wir quasi die Werbechefs unserer Bücher sein sollen. Doch nichts ist peinlicher, als die eigenen Schöpfungen auf dem Markt anzupreisen. Es handelt sich nicht um Kartoffeln vom eigenen Feld, sondern um Kopfgeburten, um intime Strukturen, verletzliche, bei Licht kaum vorzeigbare Gebilde, die sich rasch auflösen könnten. In der Vorstellung der Autoren eignen sich ihre Bücher nur zur Lektüre einsamer Leser.

Kritik, ernste oder oberflächliche, noch schlimmer: Gleichgültigkeit oder ein sarkastisches Wegblicken schlagen Wunden. Da sollen die Schriftsteller rumreisen, um ihre verderbliche Ware in Interviews, Buchlesungen, Podiumsdiskussionen unters Volk zu werfen!

Die Bonhomie dieser Literaturfeste überkleistert nur notdürftig die Eitelkeit der Autoren, die sich mit gespreizten Krallen auf ihre Zuhörer stürzen.

– Goa

70

Einsam mit Hund. Hoch in die siebzig, lebhaft, aufgeregt, um Aufmerksamkeit werbend – diese Frau, sie braucht diesen Hund, um den ihre Worte und Gedanken kreisen. Ihr Ehemann ist gestorben, die Kinder sind aus dem Haus. Einsam ist sie, darum schläft der Hund auf dem Bett, darum darf er ihr Gesicht lecken, bekommt er Leckerbissen von derselben Hand, mit der sie selbst isst.

Sollte man diese Einsamkeit nicht annehmen und aus ihr heraus eine neue Fülle suchen? Etwa durch Meditation, durch kleine, bedeutende Rituale im Alltag, durch Beschäftigung mit Musik und Kunst?

Ist es nicht denkbar, dass die einsame Frau einen zweiten Menschen zu sich ins Haus einlädt? – Gewiss, dann müsste man sein Leben umorganisieren, man fühlte sich beengt, die eigene Privatsphäre wäre bedroht.

– Kalkutta

71

Briefeschreiben. Vor Weihnachten ist meine Festvorbereitung auf Briefeschreiben konzentriert. Stundenlang, tagelang. Ich verschicke meinen Rundbrief, oft mit einigen persönlichen Worten. Der Geist der Weihnachtszeit erfüllt mich bei dieser Beschäftigung: in Verbindung zu treten, Dankbarkeit auszudrücken, Anteilnahme spüren zu lassen, zu fragen, wie die

Freunde und Bekannten ein Jahr lang gelebt haben ... Vor allem die Kontakte mit Menschen, die nur einmal im Jahr stattfinden, unverdrossen pflegen, auch wenn jene nicht geantwortet haben und nie antworten werden. Zwei gelebte Menschenleben und ein Strang gemeinsamer Geschichte hängen an jedem dieser Briefe.

– Kalkutta

72

Deutsche Hausfrauen. Zu Weihnachten eine fröhliche Ermahnung von Christel Neudeck: »A clean house is the sign of a wasted life.« – »Ein sauberes Haus ist das Zeichen eines verschwendeten Lebens.« Hallo, deutsche Hausfrauen! Ein Spruch für euch.

– Kalkutta

73

Tat und Rede. Der strenge Hinweis eines Philosophen: »Bestätige deine Werke durch die Tat. Das ist scharf zu unterscheiden von der Aufgabe derer, die Vorträge halten und nach Beifall der Hörer haschen. Die Philosophie lehrt handeln, nicht reden, sie fordert, dass jeder getreu seinem inneren Gesetz lebe, dass das Leben mit der Rede nicht im Widerspruch stehe ...« (Seneca)

– Kalkutta

74

Heiligabend. Wasims zwanzigjähriger Neffe, der im Dorf wohnt, ist plötzlich gestorben. Wasim fuhr sofort nach Hause, um ihn zu begraben. Heute kehrt er nach Kalkutta zurück, um Heiligabend bei den Jungen seiner Slumschule zu verbringen. Wasim betreibt seit Jahren eine Schule für die »Station children«, die auf den Bahnsteigen der Shealdah Station kampieren und sich mit kleinen Diensten, mit Bettelei und Diebereien durchschlagen. Das sind Kinder, die schwer an ein geregeltes Leben zu gewöhnen sind. Wasim stellt ihnen einen Saal in der Nähe zur Verfügung, in dem sie übernachten dürfen, aber viele ziehen das wilde Leben auf den Bahnsteigen vor. Die Herausforderungen, mit diesen Jungen sinnvoll zu arbeiten, sind unausdenkbar hart. Wasim deutet sie nur an. Ihre irrationale Spontaneität irritiert ihn. Die blinde Sturheit, mit der sie oft in ihr Unglück rennen und sich durch Argumente nicht abhalten lassen, treibt Wasim zur Verzweiflung.

Wasim besucht mich am Nachmittag. Er braucht Trost. Geburt und Tod – so nah beieinander.

– Kalkutta

75

Oper. Eine Erinnerung. Es war im Spätherbst 2007. Nach Mutters Tod fuhr ich zur Udo Keller Stiftung nach Neversdorf, um eine Woche ruhig zu verbringen. Am ersten Abend besuchte ich das Opernhaus in Hamburg. Man gab Verdis »La Traviata«, eine Oper, die ich als Student mehrmals in Wien gehört hatte. Da war sie wieder – diese Musik. Ihr Pathos, ihre aufputschende Emotionalität! Liebe und Schmerz, Schuld und Aufopferung und Tod. Die Handlung irreal in ihrer Verzwicktheit. Geradezu komisch in ihrer Verschlungenheit, verglichen mit dem Leben außerhalb des Opernhauses.

Und doch: Als die großen Stimmen, die Dramatik der Melodien nachklangen, spürte ich zum ersten Mal seit dem Tod der Mutter Versöhnung. Etwas war in mir ins Reine gekommen. Der Trauer war die Schärfe genommen. Jetzt konnte ich ihren Tod ertragen und in mein Leben hineinnehmen.

– Santiniketan

76

»*Live*«. »Jetzt werde ich dir mal *live* erklären, was du morgen tun sollst.«

»Doch, den Streit auf dem Fußballplatz habe ich *live* erlebt.«

»Erinnerst du dich nicht mehr? Das habe ich dir letzte Woche *live* erzählt.«

Früher hieß *live*, dass Radio oder Fernsehen ein Ereignis ausstrahlen, das sich im selben Augenblick in einem Konzertsaal oder auf dem Fußballplatz zuträgt. Diese Gleichzeitigkeit und der technische Aufwand, sie herzustellen, waren anfangs mit Aufregung verbunden. Was konnte nicht alles schiefgehen! Inzwischen sind Live-Übertragungen alltäglich geworden. Und die Vokabel *live* erlebt eine eigentümliche Metamorphose. Die Gleichzeitigkeit von medialer Vermittlung und der Wirklichkeit ist nicht mehr gemeint. *Live* flacht ab zu der allgemeinen Bedeutung von »jetzt«, »sofort«, »direkt«. Es ist ein Wort, mit dem man der Beschreibung eines Vorgangs Nachdruck verleiht.

– Santiniketan

77

Schuld und Barmherzigkeit. Zeiten von Krankheit und Schwäche gebären Gedanken der Schuld. Der Zweifel, was gelungenes, was misslungenes Leben ausmacht, bohrt. Wie es wägen? Schuldbewusstsein ist am unerträglichsten, wenn die Schuld vage bleibt, unsicher, durch Fantasiekräfte hervorgetrieben. Ist die Schuld, die ich gegenüber einem anderen Menschen spüre, also nur in meiner Fantasie zu Hause? Ist sie aber wahr, wie könnte ich die Schmerzen im anderen Menschen auslöschen, zumindest wiedergutmachen? – Sollte ich jenen nicht fragen? Aber gerade die direkte Begegnung mit dem anderen fürchtet der Schuldbewusste.

Gleichzeitig die Sehnsucht nach Barmherzigkeit. Das heißt: nicht zu streng gemessen zu werden. Die erste Frage an mich selbst: War *ich* barmherzig? Bin *ich* barmherzig? Erst wenn ich mich als barmherzig empfinde, kann ich Barmherzigkeit erwarten. Dieses Der-Barmherzigkeit-würdig-Sein ist ein seliges Bewusstsein. Doch Barmherzigkeit wird selten in lauterer Weise geübt, so sehr ist sie mit anderen Gefühlen vermischt, insbesondere mit Ich-Gefühlen. Sogar im Familienleben hat es die lautere Barmherzigkeit schwer. Die Hierarchien und emotionalen Konstellationen – über Generationen gewachsene Gebilde – sind so mächtig.

Die göttliche Barmherzigkeit ist kaum vorstellbar, wenn schon die menschliche so schwer zu verwirklichen ist. Man wagt sie sich nicht länger als einige Augenblicke vor Augen zu führen. Das Licht wird zu gleißend. Ja, wir erwarten die göttliche Barmherzigkeit auf unbestimmte Weise, wissen jedoch kaum, *was* wir erwarten dürfen.

Gott ist rätselhaft, unbegreiflich, gerade wegen seiner Barmherzigkeit. Wer seinen Eigenwillen, seinen Ich-Trieb ganz – sei es einen Blitzmoment – aufgibt, spürt vielleicht diese göttliche Barmherzigkeit. Unbegreiflich ja, doch wie jemand, der im Licht steht und geblendet nicht erkennt, wohin er greifen könnte.

Das kam mir heute, am Neujahrstag, in den Sinn.

– Santiniketan

78

Gleichgültigkeit. Warum ist gerade die Gleichgültigkeit schwer zu ertragen? Sie ist die eiskalte Hölle, in der nicht einmal Bosheit regiert. Mutter Teresa sagte, dass *indifference* die größte Sünde gegen die Armen, die Bettler auf den Straßen, die Kranken sei.

Es begann mit gegenseitigem Interesse und Austausch, mit Einverständnis und einer gewissen Gewöhnung aneinander. Dann entstanden Situationen, die uns auseinandertrieben. War ich nicht achtsam; hätte ich sie vermeiden können? Die Spaltung erhielt ihre eigene Dynamik. Missverständnisse folgten, der andere bot keine Entschuldigung an, was mir den Mund verschloss, die unterschiedliche Lebenspraxis wurde plötzlich zum Problem, Entscheidungen fielen unterschiedlich, manchmal gegensätzlich aus. Und ich wurde weder über Entscheidungen zu Rate gezogen noch informiert.

Das kalte Gefühl der Gleichgültigkeit weht mir ins Gesicht, wenn der andere Mensch mich anschweigt. Gewiss geschieht dies alles nur halbbewusst, aus den Regungen der Ichsucht heraus, die sich von mir absetzen und eine eigene »Identität« aufbauen wollen.

Ich stoße ins Leere, wo ich bisher konkrete Gefühle und Gedanken wahrgenommen hatte. Es hallt nur die eigene Stimme zurück, als wollte sie mich verhöhnen. Ich strauchele, wie jemand, der sich an einen Menschen anlehnt, der plötzlich weitergeht.

Es verletzt tief, wenn der eigene Wille zum Gutsein nicht angenommen wird. Wie schwer müssen die Wunden jener sein, die ein Leben lang nur gekämpft haben, aber nichts erreichen konnten. Die Helden gehen über sie hinweg, ohne zu wissen, auf wen sie treten.

Schön zu sagen, sie seien der »Humus«, aus dem neue Kräfte für die Menschheit wachsen. Was haben jene von der Gleichgültigkeit Niedergestreckten davon?

Was sie, selbst kraftlos-enttäuscht, davon »haben«, ist der immer nagende Zweifel, ob sie selbst schuld an ihrem Schicksal sind. Waren Stolz, Eitelkeit, Kleinherzigkeit im Spiel? Müsste sich ihre Demut tiefer beugen? Diese Zweifel, die fordern und drohen und das positive Lebensgefühl untergraben – das ist die Tragik, die aus der Gleichgültigkeit schießt wie Sumpfblumen.

– Kalkutta

79

Schuld und Schuldgefühl. M. K. Gandhi forderte, dass man seine Schuld öffentlich bekennen solle. Nur so könne sie gesühnt und bereinigt werden.

Wie viel Öffentlichkeit? Wie bei öffentlichen Hinrichtungen? Beim Scheiterhaufen der Ketzer? Oder soll man sich nur dem Beichtvater oder dem Guru anvertrauen? Dem Psychiater oder einem verständnisvollen, langjährigen Freund?

Vorsicht! Ist einmal das dumpfe Vögelchen Bekenntnis der Hand entflohen, ist es weg, für immer, und kein heißes Bedauern kann deine Worte zurückzwingen. Die Umwelt zeigt mit spitzen Fingern auf dich. Die Umwelt will nichts wissen als die Tat: die letzte Minute eines langen Verlaufs, der zur Schuld führt. Brutal interessiert sie nur, was sich auf der Oberfläche abbildet. Für die mildernden Umstände – denn alle Umstände sind mildernd! – hat die Öffentlichkeit keinen Sinn.

– Santiniketan

80

Subversiver Humor. Mein Verhalten gegenüber den Menschen in den Santal-Dörfern ist darauf ausgerichtet, Hierarchien zu hinterfragen, damit ein Bewusstsein für den Wert des Menschen wachsen kann. Indien kennt gefühllos starre hierarchische Festlegungen, wer welchen Rang in der Gesellschaft einnimmt. Sie beruhen auf Kaste und religiösen Vorschriften, auf dem Beruf, auf Seniorität. Sie beruhen insbesondere darauf, die finanziell Schwächeren, die schulisch weniger Gebildeten, die Handarbeiter gegenüber den Kopfarbeitern herabzustufen. Die Ureinwohner (Adivasis) in den Dörfern haben die größten Nachteile. Sie sind keine Hindus, gehören also keiner Kaste an, was heißt, dass sie unterhalb des Kastensystems eingeordnet werden. Von Geburt an haften ihnen diese Nachteile an, und sie können sie ein Leben lang nicht abschütteln.

Nur Schulbildung kann diese Nachteile ausgleichen, wenn auch nicht beheben. Die Macht des Wissens wird hier deutlicher spürbar als in anderen Milieus. Wissen kann sich über Kastendünkel, über Armutsgrenzen, über die Herkunft erheben und hinwegsetzen. So ideal, wie sich dieser Satz anhört – es gelingt selten. Aber was gelingen mag, geht nur über Schulbildung. So miserabel die Schulen häufig sind, sie trainieren zumindest das Gedächtnis, sie üben Regelmäßigkeit, das Ideal der Gewissenhaftigkeit und vielleicht die Fähigkeit, praktisch zu denken und zu strukturieren. Ohne dieses Training sind die Menschen ein Bündel von althergebrachten Regeln, die sie starr einhalten, von

Instinkten und Gefühlen, die sie nicht gewichten, nicht einordnen, also nicht kontrollieren können.

Mein Ansatz, die Starrheit der Hierarchie umzustoßen, ist der Humor, die Satire. Ich ahme das Gebaren der »großen Herren« nach, was auf vielfältige Weise zur Belustigung führt, denn – mit Verlaub – die »großen Herren und Damen« machen es einem einfach, sie durch Spott zu entwaffnen. Ihr Verhaftetsein an Äußerlichkeiten ist kindisch. Ihre Bemühung, über den anderen zu stehen, indem sie Körperhaltungen, Gesten, Stimme und gewisse Worte einsetzen, ist allzu oberflächlich. Da eben liegt die Paradoxie: Die einen streben nach Bildung, um der Herkunft zu entfliehen; die anderen missbrauchen ihre »Bildung«, um eben diese Menschen herabzuwürdigen.

– Santiniketan

81

Klaus Natorp. In der FAZ vom 5. Februar steht die Nachricht von seinem Tod. Vor über zwei Jahrzehnten lud er mich in die Redaktion ein, weil er Aufsätze und Bücher von mir gelesen hatte. Auf meine Bitte vermittelte er mich an die Feuilletonredaktion mit dem Hinweis an mich, er bezweifle, ob das Feuilleton an Berichten über indische Kultur interessiert sei. Damals war dies die allgemeine Einschätzung. Das Feuilleton gab mir als Versuch ein Buch zur Rezension. Sie kam gut an; dann schickte ich – damals per Post! – einen Bericht. Er wurde gedruckt. In der Redaktion erkannte man allmählich, dass auch Indien Kultur produziert, über die es wert ist, in Europa zu berichten.

Beruflich hatten wir danach nie miteinander zu tun. Er beobachtete, gewiss mit Wohlwollen, wie nach und nach einige hundert Aufsätze über Indien erschienen. Ich las seine außenpolitischen Berichte mit dem Gefühl der Dankbarkeit. Dann ging er in Rente. Ich schickte ihm meine jährlichen Rundbriefe; Klaus Natorp antwortete immer, immer ermutigend. Er wurde alt, pflegte seine Frau bis zu ihrem Tod. Lebte allein. Jedes Jahr schrieb er mir ein- oder zweimal. Er bemühte sich, seine Artikel einem Archiv zu übergeben, und schrieb häufig von nachlassenden Kräften, von der Einsamkeit, vom Tod. Einmal klagte er: »Man kann den Tod nicht denken.« Ein Satz, den ich nicht vergessen kann. Sein Brief war der letzte; ich wollte ihn beantworten, schob es auf. Er hatte geschrieben: »Vielleicht kommen Sie ja wirklich mal vorbei bei mir«, und er setzte hinzu: »... wenn ich dann noch am Leben bin.«

Beim nächsten Deutschlandaufenthalt wollte ich ihn in Bad Homburg besuchen. Seit unserem ersten Treffen das zweite. Aber dazu kommt es nicht. Zumindest diese kleine Hommage kann ich ihm schreiben.

– Santiniketan

82

Pabitra, der Polizist. Pabitra heißt »der Reine«. Eines frühen Tages, als ich meinen raschen Morgengang durch Santiniketan machte, hielt er mich an und sagte: »Dich kenne ich«, und erzählte, wo er mich gesehen und was er von mir gelesen hatte. Ein Mann mit einer herzlichen Ausstrahlung; sein Gesicht ist, sogar wenn er zuhört oder niemanden anblickt, ein Lächeln. So ein naives Jungengesicht, dachte ich. So viel Unschuld in den Augen. Als ich ihn fragte, wer er sei, denn ich hätte ihn noch nie gesehen, sagte er, er sei der OC der Polizeistation von Santiniketan. Der *Officer-in-Charge*!

Na, *das* brachte mich aber in Verlegenheit! So sieht kein Polizist aus, wollte ich mich wehren. Pabitra aber bemerkte meine Verlegenheit nicht.

Ob er kleine Kriminelle, die seine Polizisten schnappen, verdrischt? Kann er hart durchgreifen, wenn es notwendig ist? Bei Massenaufläufen, Protesten auf der Straße? Ich wollte ihn mir gar nicht vorstellen. Er erzählte mir, er male, sei Freund vieler Künstler in Santiniketan.

Seitdem kommt er alle paar Tage in meine kleine Wohnung geweht. Beschäftigt sich intensiv mit seinem Smartphone, trinkt einen Tee, den ich ihm anbiete, lächelt mich an und sagt ein paar Worte, zeigt mir seine neuen Bilder auf dem Smartphone. Dann steht er unvermittelt auf und sagt, er müsse jetzt unbedingt weg.

– Santiniketan

83

Nachruf auf Rinki. Einige Jahre hast du mein Leben in Santiniketan Tag für Tag begleitet. Bei meinem raschen Morgengang bist du neben mir hergelaufen, sogar weitere Wege hast du nie gescheut, auch wenn du oft Zank mit deinen Artgenossen bekamst. Du hast dich mit dem Rudel anderer Hunde nie gemein gemacht. Einzelgängerin, Aristokratin der Hündinnen unserer Nachbarschaft warst du, obwohl du keiner Adelsfamilie entstammtest. Eine sehr edle Promenadenmischung von Hund bist du gewesen.

Als du noch in der Obhut deiner Mutter durch unseren Garten krabbeltest, hast du einmal beim Nachbarn deine Vorderpfoten auf glühende Zweige gesetzt, über denen ein Topf mit Reis brodelte. Die zarte Haut war im Nu verbrannt. Damals brachten wir dich Tag für Tag zur Wundbehandlung zum Tierarzt, bis du nicht mehr quieken und jammern musstest. Seitdem stand deine Treue zu mir fest. Nein, in die Wohnung habe ich dich nicht gelassen, aufs Bett durftest du deine Schnauze nicht legen. Aber jeden Abend hast du, wenn ich beim Abendessen saß, deinen Kopf durchs Fenstergitter gequetscht und stumm gebettelt. Gefordert hast du nie, durch Stummheit hast du gebettelt – und mit deinen Augen. Sie waren so sprechend, dass mir bewusst wurde, dass du eine Seele hast. Niemand kann so schauen, dessen Augen nur ein biologischer Komplex aus Sehnerven und vielen feinen verwesbaren Zellen sind. Da habe ich oft die Hälfte meiner Portion Chapatis abgegeben. Das Anmutigste kam, wenn ich dir einen Chapati vor die Schnauze hielt. Du hast mit einer Zartheit zugebissen, wie es dir kein Hund nachmachen kann, unendlich darum besorgt, dass deine spitzen Zähne nicht meine Finger streifen.

Nachts hast du meist vor meiner Tür geschlafen, häufig unter dem Vilva-Baum, besonders in der kalten Zeit, auf einem Bett gefallener Blätter. Das Licht der Außenlampe meines Bungalows schien auf dich. Stand ich nachts auf, hast du mir zögernd zugewedelt. Naja, oft hast du mich mit deinem Gebell aus dem Schlaf gerissen, wenn du irgendwelche Strolche auf dem Weg außerhalb meines Gartens gewittert hast oder deinen weit entfernten Verwandten antworten musstest, immer wieder, anstatt endlich Ruhe zu geben. Du *musstest* mich verteidigen und du *musstest* Informationen an die Hundegemeinschaft austeilen, obwohl sie dich am Tag darauf wieder mit gebleckten Zähnen angreifen würden.

Rinki, heute Mittag lagst du im Garten und wolltest den Kopf nicht mehr heben. Dein Mund stand halb offen, deine Augen haben niemanden mehr angeblickt. Rinki, ich verspreche, ich werde nie mehr sagen, dass der oder jener »auf den Hund gekommen« sei, nicht mal im Scherz. Und du weißt doch, wie gern ich scherze.

– Santiniketan

84

Gleißendes Licht. Seit drei Wochen ununterbrochene schwüle Hitze. Es ist erst April. Der Sommer wird sehr lang sein. Keine Hitzegewitter, kaum Abkühlung nachts. Ich lebe wie unter einer schweren Glocke, deren dicke, undurchdringliche Wände unsichtbar sind, aber das ist umso irritierender. Nachts wird das Kopfkissen feucht, tags die Unterwäsche zum Auswringen. Auch unter dem Ventilator immer eine Schweißschicht auf der Haut. Das Licht draußen ist glasig, gleißend. Die Natur hat keine Tiefenperspektive mehr – Bäume, Sträucher, Nachbarzäune sind nah und farblos, als sei auch die Natur vom Licht geblendet.

Die Konzentration wird fahrig, auch der Wille, sich zu konzentrieren. Schon gegen zehn Uhr morgens werde ich schlaftrunken, kann den Kopf nicht hochhalten, eine Viertelstunde muss ich mich hinlegen, deprimiert; die Hitze sollte mir zumindest Zeit zur Arbeit lassen.

Der Rat an mich: Nicht daran denken, dass ich noch zwei oder drei Wochen durchhalten muss, bis ich in die Berge ausweichen kann.

– Santiniketan

85

Erinnerung lügt? Man erinnert sich oft nicht an lebensentscheidende Momente, sondern an Irrelevantes. Die Frage lautet nicht: Warum an Irrelevantes?, sondern: Was ist irrelevant und was lebensentscheidend? Wer definiert den Unterschied? Wer kann sich dabei sicher sein? Aus welcher Lebenslage wollen wir unterscheiden und entscheiden?

Sobald wir diese Fragen stellen, kommen wir ins Grübeln. Haben vielleicht gerade dieses eine Wort und diese erlebte Szene, die uns in der Erinnerung als unwichtig erscheint, einen Prozess ausgelöst, der zu Veränderungen im Denken, im Begreifen, in unseren Wertvorstellungen geführt hat? Denn es gab doch Veränderungen, oder nicht?

Als ich im Jahr 1995 in dem geisteswissenschaftlichen Forschungsinstitut Indian Institute of Advanced Study in Shimla wohnte, machten wir Stipendiaten einen Ausflug zur nahegelegenen Militärstation. Ein hochgewachsener Mann mit grauem Schnauzer – es konnte nur ein General sein – stand in der Lobby, um uns Akademiker in Empfang zu nehmen. Der Reihe nach stellte sich jeder kurz vor. Ich sagte, dass ich in Santiniketan wohne und über Tagore forsche. Noch nicht ausgesprochen, stieß der General ein donnerndes »Lovely, lovely« aus. Das klingt mir noch im Ohr. Es war so spontan und total unpassend-komisch. Dieser rollende Bass, die Befehlsstimme, die »lovely, lovely« aussprach! Warum erinnere ich gerade diese Episode? Sie ist nicht besonders reizvoll. Was in meinem Unterbewusstsein klammert sich an das Dröhnen dieses Generals?

Die Fantasie bastelt sich ihre eigene Logik und bastelt immerzu weiter. Sie ist der Meisterclown unseres Lebens. Ihre Purzelbäume, die wir im sinnenhaften Leben der äußeren Gegenwart nicht schlagen dürfen, halten unseren Geist in vibrierender Lebendigkeit, solange wir auf sie achten und sie wichtig nehmen.

Wichtig nehmen heißt, der Fantasie zu folgen, ohne jeder ihrer Kapriolen zu gehorchen. Die große Gunst der Fantasie: Sie hebt die Bindung an Ort und Zeit auf. Die Purzelbäume schlägt sie über diese langweiligen Grenzen hinweg in jeweils ungewohnte Räume der Zeit und des Ortes. Da lauert auch die Erinnerung, um die Fantasie festzuhalten. Es wird ihr nicht gelingen.

– Kalimpong

86

Lebensströme. Ein erschreckender Gedanke ist, dass befreundete Menschen sterben, ohne dass ich es erfahre. In meiner Erinnerung wirken die gemeinsame Zeit, die Gespräche, Telefonate und Briefe weiter. In meiner Fantasie atmet der Mensch – an jedem Tag *könnte* er eine E-Mail schreiben, mich anrufen, pötzlich seinen Besuch ankündigen. Dieser »Konjunktiv des Lebendigseins« ist wichtig, will man in der Gemeinschaft der Lebenden oder der Toten zu Hause sein. Wesentlich ist, sich bewusst zu sein, wer lebt und wer gestorben ist, denn das Gefühl der Gemeinschaft ist so unterschiedlich.

Wer vom Leben zum Tod wechselt, braucht mein Abschiednehmen. Ich brauche es ebenso. Stehe ich vor einem Freund, kommt mir oft die bedrängende Frage: Wer sagt mir Bescheid, wenn dir etwas zustößt, wenn du stirbst?

Viele Menschen, mit denen ich jahrelang in Briefaustausch stand und die ich gelegentlich traf, rücken still in die Ferne. Zunächst merke ich es nicht, während das Intervall zum letzten Austausch lang und länger wird. Erschrocken merke ich plötzlich, dass das »Du« jenes Freundes versteinert ist, er atmet nicht mehr in meiner Vorstellung. Was haben diese Menschen in ihrem Leben von Jahr zu Jahr erlebt? Sie sind von mir abgeschnitten, mein Lebenstrom will sie nicht mehr erfassen. Höre ich dann, dass ein Mensch, zu dem die Verbindung abgerissen war, nicht mehr lebt – manchmal auch lange nach seinem Tod –, kann ich ihn nie mehr in meinen Lebensstrom hineinnehmen – vorbei!

– Kalimpong

87

Erstickte Blumen. In Kalimpong führt über Durpin hinaus eine enge Staubstraße an einer Zeile von kleinen putzigen Häusern vorbei. Weit, weit dahinter großes Bergpanorama. Umso ärmlicher blicken die Häuslein drein. Doch die Blumentöpfe reihen sich entlang der gesamten Front und bemühen sich, munter auszusehen. Schwere Militärlaster mit Riesenreifen donnern vorbei. Staubschwaden über der Straße, über Häusermauern und Dächern. Die Blumen sehen wie welk aus, unter dem Staub sind sie so erschöpft.

Es heißt, Blumen seien empfindlich gegenüber Lärm und Gestank. Nicht nur Lärm und Gestank ersticken sie, der Staub ebenso. Könnt ihr euch nicht wehren?

– Kalimpong

88

Sinn suchen. Mein Versuch, in allen Situationen einen Sinn zu erfahren. Das bedeutet, in einer neuen Situation stillhalten, nicht urteilen, sondern sie auf mich wirken lassen. Bitte keine Rationalisierung, keine Rechtfertigung, keine Schuld- oder Lobzuweisung, keine Argumente. Das mag Tage dauern. Dann, plötzlich, spüre ich den Sinn, kann ich auf die Situation eingehen und weiß sicher, was zu tun ist. Die Fähigkeit zu handeln kehrt zurück.

Die Intuition soll zunächst alle Aspekte der Situation abtasten, in sie hineinfließen und ausfüllen. Jedoch aus großer Ich-Ferne. Manchmal wehrt sich das Wollen gegen den erspürten Sinn, weil er sich diesem Ich nicht beugt.

Die intuitiven Kräfte sollen Flügel bekommen. Sinn suchen heißt, sich nach dem eigenen Platz im Geflecht der Bedeutungen, aus dem diese Welt besteht, zu sehnen, und zwar so lange, bis sich dieser Platz findet und ich ihn einzunehmen fähig werde.

Nicht auf die Länge des Lebens, nicht auf die Anzahl der Erfahrungen, Erfolge, auf Zahlen überhaupt kommt es an, sondern auf die Intensität des Lebens. Wer die Sinnhaftigkeit der Welt sucht und nach und nach entdeckt, lebt intensiver.

– Kalimpong

89

Früher Heiratsantrag. Eine Erinnerung. Mutter erzählte manchmal von dem ersten Mann, der um sie warb, als sie sechzehn Jahre alt war und im italienischen Alpendorf Preia wohnte. Er stammte aus Piana, einem Dorf, das eine halbe Stunde Fußweg entfernt lag. Er soll ein stattlicher Mann gewesen sein und auch wohlhabend. Oder erinnere ich mich an Mutters Worte falsch? Jedenfalls stehen mir ihre erhobenen Augenbrauen und ihr gespitzter Mund noch vor Augen: ein stattlicher Mann!

Ich wollte Einzelheiten wissen. Welchen Beruf hatte er? Lebte er weiter in Piana oder zog er in die Ebene? Habt ihr euch später noch einmal gesehen? – Vielleicht hat Mutter auf die eine oder andere Frage Antwort gegeben. Ich weiß es nicht mehr. In meiner Vorstellung ist er ohne Beruf und lebt auf ewig in Piana.

Als Mutter über neunzig war, kamen mir diese Fragen wieder in den Kopf. Da war es zu spät. Sie konnte keine längeren Sätze mehr bilden. Sie hob die Augenbrauen, spitzte den Mund und schmunzelte aus ihren kleinen Augen. Die Geschichte ist verloren. Ist das tragisch? Oder soll ich sie – mit meiner Fantasie – erzählen, wie ich wünsche, dass sie geschehen ist?

Um das Gleichgewicht in der Welt zu erhalten, wird die Fantasiegeschichte reichen – aber sie wird sich entfalten und wandeln, solange ich sie in mir trage.

– Kalimpong

90

Das ganz normale Getümmel. In der Apotheke. Viele Kunden. Die zwei oder drei Angestellten hinter der Theke bedienen jeder mehrere Menschen gleichzeitig. Jeder Kunde drängt sich einem Angestellten, der schon mit anderen beschäftigt ist, auf, um rasch fertig zu werden. Niemand wird abgewiesen, aber es geht auch nirgends der Reihe nach. Das Gesetz des Dschungels. Die Pflanze, die die meiste Sonne ergattert, wächst am besten, und sei es, dass sie auf anderen wächst und diese erdrückt. Bis zum Bezahlen und der Rückgabe des Wechselgelds scharf darauf achten, dass sich kein neuer Kunde dazwischendrängt, um abgefertigt zu werden! Sofort ihm den Weg verstellen und die eigene Forderung wiederholen.

Die Angestellten sind wahnsinnig effizient, denn sie müssen den lieben langen Tag drei Wünsche gleichzeitig erfüllen und dürfen dabei keine Fehler machen. Jeder soll rasch zufriedengestellt werden. Ich kann dieses Hin-und-Hergeschiebe nicht ertragen, ich werde frustriert und ärgerlich. Regelmäßig habe ich das Nachsehen, weil ich zurückhaltend bin, und verlasse manchmal das Geschäft, ohne einen Kauf getätigt zu haben.

– Kalimpong

91

Der eingebildete Gesunde. Warum sind wir nicht krank? Vermutlich bin ich es? Es gibt unendlich viele Krankheiten. Gesundheit ist ein einziges Wort, Krankheit hat hunderttausend Namen. Es erschreckt den Laien zu erfahren, auf wie vielfältige Weise ein Organ erkranken kann. Unversehens flüchtet sich der Körper in eine dieser Krankheiten – und er gehört uns nicht mehr. Hat er uns jemals gehört? Wir bewohnen ihn nur. Das wissen wir, aber das ist uns selten scharf bewusst, während wir uns gesund fühlen, die Glieder bewegen und jeden Teil des Körpers zum Weiterleben gebrauchen.

Immer deutlicher wird mir, dass sich das Wesentliche im Leben mikrokosmisch abspielt. Es bleibt uns nahezu verborgen, so winzig und unscheinbar ist es für das bloße Auge. Bei meiner jährlichen Blutuntersuchung bin ich jedes Mal erschrocken-fasziniert, was die Mediziner aus einigen Reagenzgläsern herauslesen – gut zwei Dutzend Ergebnisse. Vielleicht entdeckt man zukünftig im Blut die aktuelle Gemütsstimmung, meine

Intelligenz, meinen Charakter, die voraussichtliche Tendenz meiner Entscheidungen, meine Bereitschaft zu Frieden oder Gewalt?

Ich bin erschrocken-fasziniert, wenn ich erfahre, dass in einem Haar die DNA eines Menschen bestimmt werden kann, und damit ist nicht nur seine augenblickliche Beschaffenheit gemeint, sondern auch seine biologische Geschichte bis hin zu den Anfängen, viele Generationen zurück, und seine geografische, ethnische Zugehörigkeit. Das sind die anderen Archive der Menschheit, die in den Geschichtsbüchern noch nicht ausgewertet wurden. Eines Tages wird man »Die Geschichte eines Haares« schreiben.

Das Weltgeschehen arbeitet unsichtbar im Kleinsten.

– Kalimpong

EUROPA

92

Der verlorene Sohn. Madan hatte ich zwei Jahre unterstützt, damit er die Universität besuchen konnte. Gleichzeitig hielt ich seine Frau und deren kleinen Sohn über Wasser. Der Junge war eifrig, geradezu begierig zu lernen und im Leben weiterzukommen. Er besaß einige wesentliche Grundtugenden, nämlich Disziplin und Fleiß und vor allem den Willen, anderen Menschen ebenso zu helfen, wie ich es ihm gegenüber tat. Es war eine ideale Möglichkeit, einem Dorfjungen aus Nepal einen Lebensweg zu eröffnen.

Bis Madan plötzlich untertauchte. Das Telefon läutete und läutete. Auch sein Vater im Dorf war unerreichbar. Einen Monat, zwei Monate – nach zweieinhalb Monaten schickte ich einen Studenten aus Santiniketan, Rishikesh, auch ein Nepalese, nach Kathmandu. Über die Polizei erfuhr er, dass Madan ausgereist sei und sich in Portugal aufhalte. Rishikesh rief auch den Vater an, der alles leugnete und behauptete, er wisse nicht, wo sein Sohn steckt. Madan hatte über die Familie schon einen Tag später erfahren, dass man ihm auf der Spur war, und schrieb mir eine E-Mail. Was war geschehen?

Die Familie im Dorf und in der Stadt hatte ihn unter Druck gesetzt, Tag für Tag auf ihn eingeredet: Er solle das Studium abbrechen, er sei ein schwacher Student – »Schon die erste Semesterprüfung hast du verhauen!« –, er habe Familie und müsse für Frau und Kind sorgen, die Eltern würden älter und müssten eines Tages versorgt werden, auch wenn er das Studium beende, sei ungewiss, ob er einen passenden Job bekäme, und überhaupt dürfe er sich nicht auf einen Ausländer verlassen, wer weiß, wie lange der Geld flüssig habe ...

Sich von einem Ausländer finanziell abhängig zu machen, ging gegen die Ehre des Klans. Die Verwandtschaft lieh Madan Geld für den Flug nach Europa. Ein Agent besorgte ihm das Visum und versprach ihm einen gut bezahlten Job. Die Verwandten kratzten das Geld zusammen, Madan verabschiedete sich von seiner jungen Frau und seinem kleinen Kind – für wie lange? Ungewiss!

In Europa merkte Madan rasch, dass sein Agent ihn betrogen hatte, der Mittelmann hier war fiktiv, der versprochene Job ebenso. Sie waren um hunderttausende zusammengekratzte Rupien geprellt worden. Der Sohn, in höchsten Nöten, trat nicht mit mir in Verbindung, dafür schämte er sich zu tief, sondern er schloss sich dem Heer nepalesischer illegaler Arbeiter in Portugal an. Sein Visum lief aus, bald wurde er wie einer jener ausgebeuteten Erntearbeiter, die von Portugiesen (meist nepalischer Abstammung) organisiert und vor der Polizei geschützt werden. Mafia!

Dieses Schicksal beschrieb mir der Junge am Telefon. Ein Zurück gab es nicht; ein Rückflugticket würde er sich nicht leisten können. Außerdem wäre es eine Riesenblamage, ohne Geld für die erweiterte Familie zurückzukehren. Und eine Reise über die Grenze als Illegaler würde ihm automatisch die Rückkehr nach Europa versperren. Also wurde er Arbeitssklave mit ungewisser Zukunft. Zumindest musste er so lange bleiben, bis er seine Schulden an seine Verwandtschaft zurückbezahlen konnte.

Sollte ich ihm noch einmal helfen? Kann das einmal erschütterte Vertrauen zurückkehren?

Ich bin an die biblische Parabel vom verlorenen Sohn erinnert. Ich befehle mir: zum Verzeihen bereit sein. Auch bereit, die frühere Rolle aufzunehmen? Ist das so einfach? Muss ich mich nicht zuerst der Ernsthaftigkeit dieses Menschen vergewissern? Zuerst Zerstörtes wiederaufbauen!

Mir wurde bewusst, dass der Junge von der ehrgeizigen und engherzigen Verwandtschaft genötigt worden war, diesen Weg einzuschlagen. Ein junger Nepalese will und kann ohne seinen Klan nicht existieren, der ist sein Über-Ich. Madan hatte darunter gelitten, offenbar so sehr, dass er den Kontakt abbrach, nur mit seiner Frau telefonierte er. So tief war die Verletzung.

Ein deutscher Bekannter in Portugal, den ich auf die Misere dieses Jungen aufmerksam machte, beginnt, sich um ihn zu kümmern. Zuerst: ihn legalisieren, damit er das Aufenthaltsrecht bekommt. Was wird folgen?

– Boppard

93

Ein Wort nur! Eine Erinnerung. Mein Professor in Santiniketan sagte mir einmal, als ich ihn in seinem Haus besuchte, dass die Köchin der Familie am frühen Morgen in ihrem Dorf gestorben sei. Am Tag zuvor hatte sie sich nachmittags frei genommen, weil ihr übel war. Kopfschmerzen, Schwindel ... so das Übliche. Heute Morgen sei die Todesnachricht gekommen, sagte er, und lachte auf eine Weise, die mir jetzt noch im Gedächtnis klingt. Darin war so viel ausgedrückt: Wie leicht diese Menschen sterben! Wie kommt sie dazu, einfach wegzubleiben? Wer kocht jetzt für uns? Diese dummen Leute im Dorf, sie können nicht auf sich achtgeben, sie sterben einfach so.

Mein Professor lebt auch nicht mehr. Meine Erinnerung an ihn wird von diesem verächtlichen Lachen verdunkelt.

– Boppard

94

Hilfe verursacht Abneigung. Einer der psychologisch schwierigsten Aspekte des Helfens ist, dass Hilfe ihre Nutznießer zu Ressentiments, Abneigung und manchmal Hass verleiten kann. Mit dem reinen, selbstlosen Wunsch, eine Notsituation zu beheben, dort zu helfen, wo Hilflosigkeit herrscht, gehen Menschen ans Werk und engagieren sich, wobei sie eigene Bedürfnisse zurückstellen. Sie spüren zunächst Annahme und Kooperation, vielleicht schon die ersten Früchte der Hilfe. Dann werden sie, zu ihrer Überraschung mit der Opposition der Geholfenen konfrontiert. Zuerst wird sie innerlich stattfinden, dann äußert sie sich in mangelnder Zusammenarbeit, in kleinlichem Verhalten, in unnötiger Kritik, in Unfreundlichkeit, in Verweigerung, vielleicht sogar Betrug.

Häufig angestachelt durch die Familie und das gesellschaftliche Umfeld, bricht Irritation aus verletztem Selbstgefühl hervor. Jene, denen geholfen wurde, fühlen sich überwältigt von der Hilfe, sie brauchen eine längere Gewöhnungsphase, um sich in ihrer neuen – materiell doch angenehmeren – Situation einzurichten. Dabei können sie wenig Unterstützung von den Helfern erwarten, die auf diese psychische Bedrängnis nicht vorbereitet sind. Die Großzügigkeit und der Idealismus der Helfer schlagen ihnen ins eigene Gesicht zurück. Trotz ihrer latenten Notlage fühlten sich die Menschen in ihren Familien und der Gesellschaft »sicher«, weil Familie und Gesellschaft sie ein Leben lang umgeben haben.

Kommt einem Menschen Hilfe zu – zum Beispiel wird ein Junge oder ein Mädchen im Studium gefördert, weil er oder sie aus der Schule gute Noten mitbringt –, dann werden sie Individuen, sie werden aus Familie und Gesellschaft herausgehoben, müssen sich vielleicht sogar ihnen gegenüber verteidigen. Dieser Prozess der Individualisierung bedarf einer Festigkeit des Willens, der Not zu entkommen und einen Fortschritt zu erreichen. Wenige Menschen besitzen diese Festigkeit, ihre Familien und die Gesellschaft haben diese Eigenschaft niemals gefördert.

Die Helfer und Unterstützer müssten – als Teil ihres Hilfsangebots – diese Festigkeit wecken und fördern, aber das bedarf der Zeit, das verlangt eine behutsame pädagogische Begleitung. Sie ist nur möglich, wenn die Helfer eng mit den Hilfeempfängern zusammenleben, ihre Sprache sprechen und mit ihren Familien Verkehr unterhalten, mit ihnen integriert leben, also ein Stück auf ihr eigenes Leben verzichten.

– Boppard

95

Wunderbare Pulloververmehrung. Früher kamen Pakete mit Kleidern aus Deutschland, die ich in Indien an die Schüler unserer Santaldörfer verteilte. Wir achteten darauf, dass nur Bedürftige beschenkt wurden, vor allem jene, die im letzten Jahr keine Kleidung erhalten hatten.

Ein Junge bekommt einen Pullover für den Winter. Er probiert ihn an, zupft und zieht an ihm, streckt sich und dreht sich und sein Gesicht strahlt. Ja, der Pullover stehe ihm, sagt er, er mag ihn, der werde ihn warmhalten. Er will den Pullover pfleglich behandeln, damit er sauber bleibt, und ihn gegen die Ratten in seiner Lehmhütte schützen – versprochen! Wir freuen uns mit ihm und schauen glücklich in seine leuchtenden Augen.

Dann blickt der Junge sich um, sieht die verbleibenden Pullover, stockt und sagt dann: »Ich habe einen kleinen Bruder. Der braucht auch einen Pullover.«

– Boppard

96

Diese Riesenkoffer. Schon im Zug verstellen sie die Gänge mit diesen Riesenkoffern, die ihre Besitzer kaum heben können und mit Mühe und mit Hilfe anderer ins Abteil und am Reiseende aufs Bahnhofsgleis hieven. Die Körpersprache der Kofferbesitzer ist so würdelos grotesk, während sie schleppen, schieben und stoßen. Man sollte nie mehr mitnehmen, als man mit zwei Armen tragen kann. Das gilt auch für Autofahrer, die bedenkenlos ihren Kofferraum vollstopfen.

– Frankfurter Flughafen

97

Thoreaus Äpfel. Zur Apfelernte in Boppard. Auf der Sabelstraße steht in einem Vorgarten ein Apfelbaum, von dem niemand erntet. Die Äpfel fallen und verfaulen. Ihr Geruch beißt, sie werden braun und schimmelig und garstig. Mit welch verwegener Verachtung diese Äpfel von allen Vorübergehenden ignoriert werden!

Ich lese Henry David Thoreau. Da heißt es: »Die meisten Früchte, die wir schätzen und von denen wir Gebrauch machen, sind gänzlich auf unsere Pflege angewiesen. Mais und Getreide, Kartoffeln, Pfirsiche, Melonen und so weiter sind völlig abhängig davon, dass wir sie pflanzen. Der Apfel jedoch strebt der Unabhängigkeit und Unternehmungslust des Menschen nach.«

Und später: »Diese Äpfel hingen im Wind, im Frost und Regen, bis sie die Eigenschaften der Witterung oder der Jahreszeit angenommen haben und jetzt voll Würze sind, und nun durchdringen, zwicken und durchsäuern sie uns mit ihrem Geist. Sie müssen daher zur rechten Jahreszeit, das heißt im Freien, genossen werden. Um den wilden und scharfen Geschmack dieser späten Früchte würdigen zu können, ist es erforderlich, dass man die scharfe Oktober- oder Novemberluft atmet.«[2]

Welche Entdeckungen wir in der Natur im Umgang mit einem Apfelbäumchen machen könnten! Welche Individualität wir in jedem Baum und Strauch nachempfinden könnten, wären wir nicht arrogant.

Die Lebensgeschichte eines Baumes wird, je älter er ist, desto plastischer. Wir sollten uns angewöhnen, jeden Baum einzeln anzuschauen, ihn zu umkreisen, ihn von oben nach unten zu betrachten, zu suchen, ob die Wurzeln aus der Erde herausragen und wie sie verlaufen, was die Bäume abwerfen an Blättern, Nadeln, an trockenen Zweigen, ob Rinde abblättert, ob die Stämme formenreichen Fungus ansetzen, der oft die zartesten Tönungen hat. Dann der Dialog zwischen dem Holz und den Steinen oder Felsbrocken. Wie Thoreau, der Waldgänger, es tat, verlangt die Lauterkeit gegenüber der Natur ein langes Verweilen in ihr.

– Boppard

2 Henry David Thoreau »Wildäpfel«. Aus dem Amerikanischen von Susanne Schaup. Verlagsbuchhandlung S. Göbel, Leipzig 2012, S. 37 und 56-57.

98

Rupert Neudeck. 31. Mai 2016. Er ist tot. Er ist tot. Ich stehe auf dem Marktplatz von Weimar und bekomme die Todesnachricht übers Telefon. Der Marktplatz, Symbol für Lebendigkeit und Fortschrittsstreben – der Tod des großen Bruders und Vorbilds.

Fragmente von Briefen und Gesprächen stürzen in mich. Als ich in der FAZ für die großzügige Aufnahme der Flüchtlinge plädierte, um uns den Weltproblemen zu stellen und sie in unser Leben in Deutschland einzulassen, reagierte er spontan – Ja, die Menschen in unserem Land sollen »gut durchmischt« werden!

Das sei eine »bleierne Zeit«, schrieb Christel, seine Frau, als Rupert im Krankenhaus lag.

Doch unerwartet ist etwas Wunderbares geschehen. Ich fühle mich plötzlich mit dem Vertrauensbruch Madans versöhnt. Ich hadere nicht mehr mit ihm und blute nicht mehr vom Verlust meines Vertrauens in ihn. Ein Stein ist weggewälzt.

Was hat jener Tod des großen Bruders mit diesem Angriff gegen mich zu tun, wo ist die Verbindung? Der eine Schmerz verbündet sich mit dem anderen.

– Weimar

INDIEN

99

Tick-tock. Im Guest House des Indian Institute of Advanced Study hängt eine Wanduhr, sie tickt und tickt. Strenge, leere Strenge, wie ein Fallbeil. Mir kommt kein Schlaf.

Das Ticken will sich in meinen Herzschlag einschleichen. Aber das Herz soll im Rhythmus des Körpers, seiner Bewegungen, seiner Dynamik schlagen. Das Ticken will den Körper überreden, Maschine zu werden. Unbewusst passt sich der Atem an, danach das Denken.

Meist kann ich die Uhren in fremden Gastzimmern abstellen. Batterie heraus, Ruhe. Aber diese hängt so hoch. Wenn ich vom Stuhl kippe?

– Shimla (Himalaja)

100

Freundschaften. Jede neue Freundschaft, anders: jede »Entdeckung« eines Menschen soll das eigene Leben neu definieren. Sonst ist die Beziehung kaum Freundschaft zu nennen. Zwei Lebenskreise überschneiden sich und diese Schnittmenge des

Gemeinsamen ist von jeder anderen Überschneidung der Lebenskreise verschieden. Angesichts des anderen Menschen wird man zunächst sich selbst fremd.

Das ist heilsam, manchmal ein heilsamer Schock, dem ich aber nicht ausweichen möchte. Danach wird man allmählich wieder heimisch im eigenen, nun aber anders gefüllten Kreis. Welch ein Abenteuer!

– Shimla

101

Abgebrochene Freundschaften. Keine Freundschaften aufs Spiel setzen, manchmal muss man sie durchleiden. Dazu bereit werden. Trotzdem habe ich in den letzten Jahren mehrere langjährige Freundschaften bewusst abgebrochen. Der Schmerz, den man mir bereitete, ging zu tief. Das Erschrecken vor dem Unverständnis von dem, was mir heilig ist, nutzte sich nicht ab. Ein jahrzehntelanges gemeinsames Leben, sei es in geografischer Nähe oder intellektueller und emotionaler Gemeinschaft verbracht, lud sich negativ auf. Man versteht die Beziehung von ihrer Kapitulation her und kann die Freude an ihr, die einmal war, die gegenseitige Inspiration, die einmal war, nicht mehr nachempfinden. Bewahre mich vor einer solchen Niederlage!

– Shimla

102

Schöne Aussicht. Ich wohne im Himalaja; wie mir diese weiten Täler, in die man tief hineinschaut, wohltun! Wie diese bis zum unendlich fernen Horizont gestaffelten Bergrücken mich aus jeder Verkrampfung lösen! Von meinem Studierzimmer im Rashtrapati Niwas, dem Palast der letzten Gouverneure der britischen Kronkolonie Indien, sieht man nur einen Rasen. Doch vom Gang aus hebt sich der Blick aufwärts zu den Schneebergen im Norden von Himachal Pradesh. Da sind sie und zeigen von Stunde zu Stunde, je nach Sonnen- und Wolkenspiel, ein anderes Antlitz.

Es gibt Menschen in den Bergen, die müssen nach dem Aufstehen sogleich aus ihren Wohnungen treten, um auf die Berge zu schauen. Wie um sich ihrer Existenz als Menschen in der Welt zu vergewissern. Stehen die Berge, wankt auch der Boden nicht unter den eigenen Füßen.

Sitze ich in einem Café, einem Restaurant, in einer Bibliothek, brauche ich einen Sitz mit Aussicht. Bloß nicht gegen eine Wand schauen! Immer mit dem Rücken zu den leeren Ecken und zum Dunkeln und dem Blick vorwärts zum Freien, zu den Menschen, zur Straße, zur Natur, zu den Wolken, zu den Vögeln hin. Kann man Menschen verstehen, die sich mit dem Rücken zu den Bergen niedersetzen?

– Shimla

103

Nebelgeboren. Morgens treffe ich als erster Stipendiat im Rashtrapati Niwas ein, um in meinem Studierzimmer zu arbeiten. Doch zunächst sitze ich neben dem Eingang auf der überdachten Terrasse und schaue auf eine Wiese und die Baumreihe dahinter, um die am Oktobermorgen ein feiner Nebel wabert.

Von den Wachtleuten an der Rezeption bekomme ich heißen Tee angeboten. Die Bäume verlieren im Nebel ihr Dunkelgrün; zu Schemen, zu Geistern sind sie geworden. Sie verlieren ihre Tiefe, sie wirken wie unsichere Schattengebilde auf einem hellen Riesentableau. Mehr als Bäume sind sie nun, der Nebel hat sie mit Eigenleben umgeben. Meine kalten Hände umfassen den Teebecher, denn beim Schreiben brauche ich gelenkige Finger.

Kann ein Mensch sich auch geborgen fühlen, wenn er angesichts dieser Weite, die der Nebel noch ausdehnt, still auf diesem Schemel sitzt?

– Shimla

104

Smartphone-Göttlichkeit. Das Smartphone verkörpert die Erfüllung eines uralten Wunsches, vergleichbar mit der Sehnsucht zu fliegen. Oder mit dem Kinderwunsch, unsichtbar zu werden. Das Smartphone erfüllt die Sehnsucht, überall gleichzeitig anwesend zu sein: die Überwindung von Ort und Zeit. Ich rufe von irgendwo nach irgendwohin an, sagen wir nach Amerika, und finde dort die Menschen in einer früheren oder späteren Zeit; die Umdrehungen der Erde können mich nicht hindern.

Das Göttergleiche des Smartphonebesitzers spürt man zum Beispiel in Shimlas aufgemotzten Smartphonegeschäften voll weißen Lichts und ungebrochener gerader Linien von bekenntnishafter Großzügigkeit – und das im chaotisch-liebenswürdigen, lebensvoll-farbenfrohen Gewusel der schmalen Gassen auf dem Lower Bazar.

– Shimla

105

Gipfel, Täler, Rhythmus. Vom Gipfel bieten sich nicht die bewegendsten Eindrücke. Wer oben steht, hat zwar den Berg »bezwungen«, aber der versteckt sich unter den eigenen Füßen. Großartig an den Bergen ist doch ihr visueller Rhythmus, der Aufstrebendes und Abstürzendes, die Kontraste der sich ineinanderschiebenden Bergrücken, den Lichteinfall und die Tönungen unter der wandernden Sonne miteinander zu einer Gesamtkomposition verbindet. Warum »bezwingen« wollen? Die Berge können uns jederzeit beherrschen. Warum nicht die Harmonie von Berg und Mensch anstreben, den Berg wie eine Person, als eine Persönlichkeit annehmen?

Wer ihn in dieser Haltung besucht, kann geistig und emotional von ihm profitieren. Das braucht nicht bis zu seiner Verehrung als Gott oder Göttin zu führen wie in Indien. *Ein* Gewinn ist, angesichts der Berge Demut zu lernen.

– Shimla

106

Herbstrot. Ist es nicht ein großes Symbol, dass sich die Blätter, bevor sie sterbend niederfallen, noch einmal knallrot, kräftig gelb, leuchtend rostbraun färben? Das Leben bäumt sich auf, wird gewaltig und drängt seine letzten Kräfte nach außen.

Henry David Thoreau beschreibt es so: »Es ist ein Vergnügen, über Kissen dieser frischen, knackigen, raschelnden Blätter zu gehen. Wie fein sie zu Grabe sinken!« Die abgefallenen Blätter »lehren uns, wie man stirbt. Ich frage mich, ob je eine Zeit kommen wird, in der die Menschen, die mit ihrem Glauben an die Unsterblichkeit prahlen, sich mit so viel Anmut und Reife niederlegen ...«[3]

– Shimla

107

Monoj. Zum Wachpersonal des Rashtrapati Niwas gehört Monoj, ein hochgewachsener Panjabi mit dicken, festen Lippen und großen Händen. Als Feuerwehrmann ist er für den Brandschutz

3 Henry David Thoreau »Herbstfarben. Ein Winterspaziergang«. Aus dem Amerikanischen von Susanne Schaup. Verlagsbuchhandlung S. Göbel, Leipzig 2016, S. 57.

verantwortlich. In diesem Palast wurde viel aus Holz gebaut, etwa die breite Treppe in das erste Stockwerk; das repräsentativ prächtige Foyer ist holzgetäfelt.

Die elektrischen Leitungen sind alt und brüchig – jederzeit könnte ein Funken überspringen. Morgens begrüße ich Monoj in seinem Wächterstübchen neben der Rezeption, wenn seine Nachtschicht vorüber ist und er sich anschickt, nach Hause zu gehen. Er spricht nur zwei Worte Englisch, ich spreche nur zwei Worte Hindi, trotzdem haben wir uns angefreundet. Er begrüßt mich mit einem direkten Blick und legt seine Handflächen aneinander. Dabei neigt er den Oberkörper leicht vor in einer sparsamen Demutsgeste. Man spürt, er ist ernsthaft; seine grauen Augen sind gut und blicken frei.

Mit einem Studenten der Universität habe ich seine kleine Wohnung auf einem Hügel zum Kamna Devi Tempel oberhalb von Boileauganj besucht. Da hat seine Frau für uns über dem Feuer fette, mit Kartoffelpüree gefüllte Parotas (Brotfladen) frittiert. Hmmm, haben die geschmeckt! Mithilfe des Studenten stelle ich Monoj Fragen über seine Familie, über sein Leben. Sie haben eine Tochter und einen Sohn, beide noch Kinder. Seine Eltern wohnen bei ihm. Wie Monoj ist der Vater *Chowkidar* – ein Wächter. Trotz der Winzigkeit der Wohnung ist die letzte, gegen den Berg gebaute dunkelste Kammer als Betraum eingerichtet. Darin bunte Drucke mit einem Gewusel von Göttern und Göttinnen, von mythologischen Gestalten in ihren die Szenen der Epen nachempfundenen ikonischen Haltungen. Darüber sind Blumengirlanden ausgebreitet, die Bilder hat man reichlich mit roter Paste, der Glücksfarbe, betupft.

So sieht in der Fantasie der Frommen der Himmel aus, nämlich ebenso dicht und lebhaft bevölkert wie diese Welt. Auf dem Erdboden liegen Decken und Kissen in Fülle, damit jeder warm und bequem sitzen kann. Hier schlafe er, bei den Göttern und Göttinnen, bekennt Monoj. Klein wie sie war, die Wohnung gab Kunde von menschlicher Wärme und einem Gefühl liebevollen Zusammenlebens.

Nichts erfreut und ehrt eine arme Familie mehr, als wenn jemand sie besucht und eine Mahlzeit mit ihr teilt. Für sie ist dies der deutlichste Beweis der Achtung und Zuneigung, zumal wenn es sich um »höher gestellte« Personen handelt.

Er gebe mir noch einmal Parota zu essen, morgen, eigens für mich, er bringe sie in einem kleinen Kanister ins Institut, sagte Monoj beim Abschied. Tatsächlich war es nicht nur Gerede aus der Begeisterung und dem Dank für unseren Besuch. Er händigte mir am Abend das Kanisterchen aus. Als er merkte, wie wenig ich abends aß (in seiner Einschätzung), folgte am Tage darauf ein zweites Kanisterchen, und wieder und wieder, bis er mir jeden Abend das Essen in die Wohnung brachte. Er bekam einen Schlüssel. In den geleerten Kanister legte ich ihm Früchte und Lecker-Nahrhaftes für die Kinder. Nur nicht die Großherzigkeit der armen Menschen mit Geldscheinen »vergelten«! Das wäre ein verheerender Fehler. Der Großherzigkeit zustimmen, in Dankbarkeit zustimmen. Danach in sich hören, welche Gestalt diese Dankbarkeit annehmen kann. Keinen Abend ließ er mich im Stich.

– Shimla

108

Summerhill Chowk. Verlässt man den Rashtrapati Niwas und geht den Summerhill hinunter bis zum Postamt, erscheint ein Platz, an dem sich mehrere kleine Straßen treffen. Eine führt zur Universität hinauf, eine andere hinunter zum Summerhill Bahnhof, zwei weitere führen, eine östlich, die andere westlich, am Fuß von Summerhill entlang in Richtung der Stadt Shimla. Auf diesem Platz versammeln sich am späten Nachmittag Studenten, deren Klassen und Seminare für den Tag abgeschlossen sind. Ein knappes Gespräch, eine Orientierung, was der Abend und der kommende Tag bringen wird. Bei jeder Begrüßung deuten die Männer eine Umarmung an und wieder beim Abschied. Dass sich Studenten in Indien umarmen, sehe ich erstmals. Diese Sanftheit des Umgangs spiegelt sich in ihren Gesichtern eher nicht, sie sind wie die Berge, die sie umragen, kräftig und fest.

Wieder die Frage: Wie stark prägt Menschen die Landschaft, in der sie aufwachsen?

Mit dieser Festigkeit verbindet sich eine Bescheidenheit und Milde. Hitzige Menschenaufläufe, öffentliche Leidenschaftsausbrüche sind selten. Extreme politische Positionen kennen die Gebirgsbewohner nicht.

Ist es das kalte Klima, das die Menschen eher auf sich beschränkt und sie selbstgenügsam macht? Im Winter sinkt die Temperatur bis Null und tiefer, trotzdem sind Heizung oder Feuerstellen unbekannt. Im Winter ist es eben kalt. Bäume sind in Shimla und Umgebung aufs Strengste geschützt, es herrscht allgemeines Abschlagverbot. Wer einen kranken und vom Sturz bedrohten Baum fällen möchte, muss bei den amtlichen Stellen auf langwierige Weise die Erlaubnis einholen. Holz zum Verfeuern ist deshalb rar.

– Shimla

109

Manish, der Yogi. Mehrere Monate lang hat mir Monoj das Abendessen gebracht. Ich empfand es als ein Akt ungewöhnlicher Zuneigung und Treue, und das von einem Menschen, der mich kaum kennt, mit dem ich keine zwei Sätze sprechen kann. Und der es offensichtlich nicht tut, um etwas zu bekommen oder sich zu brüsten. »You are my friend!«, sagt er immer wieder und legt die Handflächen auf die Brust.

Ich bemühe mich, Abend für Abend diese vier Chapatis (trockene Brotfladen) mit einem Töpfchen Currygemüse in bewusster Dankbarkeit zu essen. Die Annahme dieser Gabe darf nicht zur Routine werden.

Monoj wurde krank, die Leber war's. Er fuhr mit seiner Familie in den Panjab zurück, um sich zu kurieren. Abends aß ich nun in einem kleinen Restaurant ein paar Schritte unterhalb des Summerhill Chowk an der Straße zum Bahnhof. Restaurant? Nennen wir es Studenten-Bistro. Ich mag die lebhafte, dennoch friedliche, niemals ausgelassene Atmosphäre. Die Chapatis bereitete ein Junge am offenen Fenster in der Küche zu, einem Verschlag neben den Tischen. Alles etwas schmuddelig und wie im Wohnzimmer einer Großfamilie. Wie kam es dazu?

An einem Tag, als es abends heftig regnete, traf ich Manish. Ich stellte mich in einem Geschäft unter, Minuten später suchte ein Student ebenfalls Schutz. Es wurde dunkler, der Regen peitschte den Platz. Unmöglich, jetzt weiterzugehen. Also kamen wir ins Gespräch. Sein gutes Englisch erlaubte eine flüssige Unterhaltung. Manish stammt aus einem Gebirgsdorf in der Gegend der Stadt Mandi, eine halbe Tagesreise nördlich von Shimla. Sein Vater ist Grundschullehrer. Manish macht eine Yoga-Ausbildung an der Universität, lernt *Asanas,* die Yoga-Körperhaltungen, und gleichzeitig die philosophischen Lehren, die den körperlichen Yoga inspiriert haben. Der Junge ist gedrungen im Körperbau, wirkt sehr bescheiden, sehr besonnen.

Als der Regen nachließ, gab ich ihm meine Telefonnummer. Er wolle sich melden, versicherte Manish, zuerst aber müsse er sein Dorf besuchen. Versicherungen dieser Art werden leichtfertig abgegeben, darum erwartete ich keinen Anruf. Doch nach einer Woche kam er. Wir verabredeten uns am Summerhill Chowk, setzten uns in das Studenten-Bistro, und seitdem treffen wir uns jeden Abend um Punkt acht Uhr zum Essen. Hereinkommende Studenten werden von den Anwesenden mit einem *fist bump* begrüßt: Sie machen eine Faust und stoßen sie leicht gegeneinander, eine coole, raubeinige Art, sich zu begrüßen.

Besuche in der Innenstadt von Shimla machen wir seitdem gemeinsam. Wir gehen essen, wir besuchen Bekannte oder das Museum. Eine Stadt mit einem befreundeten Menschen zu erwandern, hat eine andere Qualität, als wenn man allein unterwegs ist. Man sieht und empfindet zweifach. Ich erlebe selbst, bin aber auch fortwährend damit beschäftigt zu verstehen, wie der Begleiter mit seinem Lebenshintergrund gewisse Erlebnisse einschätzen mag. Kommen wenig deutliche Reaktionen, will ich den anderen zu meinen Erfahrungen hinführen oder zu dessen eigenen Urteilen animieren. Zu zweit wandere ich nur, wenn schon eine grundsätzliche Übereinstimmung besteht.

– Shimla

110

Spitz und scharf. Immer schon konnte ich spitze und scharfe Gegenstände nicht anblicken – ich muss den Kugelschreiber, die Schere, den Bleistift von mir wegdrehen, damit das Spitze und Scharfe nicht auf mich zeigt. Die Spitze ist geradezu eine Attacke.

Spitzes lässt sich nicht in eine Harmonie integrieren. Es ragt hervor, ragt heraus und feindet an.

– Shimla

111

Drei Kleinkinder und ein Motorrad. Mit Mongla habe ich eine besondere Geschichte. Als er einige Monate alt war, starb seine Mutter. Sein Vater wanderte in ein Nachbardorf und kam mit einer neuen Frau wieder. Mongla bekam eine Mutter, aber sie hatte keine Muttermilch. Also kaufte ich anderthalb Jahre lang Trockenmilch, bis er sich von Reis und Gemüse ernähren konnte.

Hell ist er nicht, aber muskulös und groß gewachsen. Immerhin hat er es bis zur elften Klasse geschafft. Und da ich ihm zum Leben verholfen hatte, wollte ich auch zu seinem Erfolg im Leben beitragen. Er bekam jahrelang Geld für Nachhilfeunterricht. Ich schenkte ihm Gehör bei seinen vielen Klagen und Jammerreden. Er wollte etwas aus sich machen, war ehrgeizig, oder besser: Er redete von ehrgeizigen Plänen. Doch fehlte ihm zweierlei: Disziplin und Beharrlichkeit. Immer wieder einmal bekam er einen Anfall von Verzweiflung, wurde emotional, ließ sich beim Unterricht tagelang nicht blicken, redete wirr. Er wurde ein Sonderling.

Kaum war er bei den Prüfungen der elften Klasse durchgefallen, verheiratete sein Vater ihn. Er ist Bauer und ohne Schulbildung. Insgeheim war er gewiss froh, dass der Sohn die Schule verließ, jetzt hatte er Hilfe auf dem Feld und Monglas junge Frau unterstützte die Stiefmutter im Haushalt. Im Handumdrehen hatte Mongla drei Kinder gezeugt. Er war so beschämt, dass er diese Tatsache lange vor mir verheimlichte. Erst nachdem sich seine immer noch sehr junge Frau sterilisieren ließ, kam er mit seiner Geschichte heraus.

Er folgte dem Schema, das ich immer wieder erleben musste: Wenn es um materielle Hilfe geht, werde ich gefragt und angehört, doch über die wesentlichen Lebensentscheidungen wurde ich nicht einmal informiert. Sie wissen, dass sie gegen meine Einstellung und Wünsche handeln, sie wissen sogar, dass sie wider ihr eigenes besseres Wissen handeln. Aber warum?

Die Eltern sagen: Heirate, wir brauchen ein Mädchen zum Kochen. Die Tradition sagt: Früh heiraten! Das Dorf sagt:

Wir wollen ein Fest feiern. Dagegen kommt planende Vernunft nicht an.

Zwar hat Mongla elf Jahre auf der Schulbank gesessen, aber hat er mehr als den inzwischen vergessenen Lehrstoff auswendig gelernt? Hat er gelernt, sich in der Welt außerhalb des Dorfes zu orientieren, in Zusammenhängen zu denken, zu beurteilen, zu planen?

Immerhin ist Mongla nicht in den Analphabetismus zurückgefallen. Zwar wird er voraussichtlich in seinem Leben nie mehr lesen als von Zeit zu Zeit eine bengalische Zeitung, nie Interesse an dem Feineren der Santal- und bengalischen Kultur entwickeln, was ihm die Schule hätte vermitteln müssen. Doch er hat sich durch seine formale Schulbildung einen Job im Universitätskrankenhaus beschaffen können. Er ist männlicher *Aya,* so etwas wie ein Hilfskrankenpfleger. Er wacht nachts bei einem Kranken, gibt ihm Wasser zu trinken, füttert ihn, wäscht ihn, hilft ihm beim Gang zur Toilette. Mit seiner Art hat er sich beim Pflegepersonal Freunde geschaffen. Aber aufgepasst, der Job ist nicht fest! Bitte keine Anfälle von Larmoyanz, sondern regelmäßig und pünktlich den Dienst beginnen! Er hat es geschafft, kaum zu glauben, er wird nicht rausgeworfen.

Das Nächste, was passierte, hätte ich voraussehen müssen, ebenso wie ich seine plötzliche Heirat und seine geschwinden Vaterfreuden hätte voraussehen müssen. Wieder versuchte er vor mir zu verheimlichen, was er tat: Er kaufte sich auf Ratenbasis ein Motorrad. Nun rast Mongla wie ein Held von Ghosaldanga zum Krankenhaus in Santiniketan und zurück. Mit wehenden

Haaren, mit erhobenem Haupt und schmal gekniffenen Augen. Er hat viele seiner Klassenkameraden, die es in der Schule weiter gebracht haben, überrundet. Die haben kein Motorrad kaufen können, auch nicht auf Raten.

Auf einen Schlag hat er tausend Rupien mehr Kosten im Monat. Schaffe ich doch, sagt er, spielend. Bald schon wird ein Kind krank und der Vater trägt es zum Arzt. Untersuchung plus Medikamente macht 300 Rupien. Seine Stiefmutter ist depressiv veranlagt; immer wieder muss sie zum Arzt, der ihr Medikamente verschreibt. Monglas ältestes Kind soll in den Kindergarten von Ghosaldanga gehen. Es braucht saubere Kleider zum Wechseln. Macht 400 Rupien. Mongla hat eine elektrische Leitung zur Familienhütte legen lassen – macht monatlich rund 400 Rupien Stromkosten.

Immer wieder einmal versucht Mongla mich anzupumpen, weil er seine Monatsrate nicht abbezahlen kann. Er sagt: Du bist doch meine zweite Mutter! Warum hast du kein Erbarmen mit mir und meinen drei Kindern? – Als ich vor dreißig Jahren meine Arbeit im Dorf begann, hätte ich mich erweichen lassen. Jetzt sage ich knapp: Verkauf dein Motorrad, dann hast du viel Geld auf der Hand. Du kannst doch wie vorher mit dem Rad fahren. Du bist kräftig, hast genug Zeit, es ist sicherer. Vor einigen Tagen war wieder ein Santal, angetrunken, mit Karacho gegen einen Lampenpfosten gefahren – tot.

Nein, vom Motorrad lässt er nicht.

Ich rechne ihm vor, wie viel Kosten ihm seine drei Kleinkinder demnächst machen werden. Schulgeld, Schuluniform, Büchergeld,

Ernährung ... Aber das ist *dann – nicht jetzt*, scheint er sagen zu wollen, er kann es aber nicht so ausdrücken, dass ich es akzeptieren könnte.

– Santiniketan

112

Labyrinthe. Ein traditionell indischer Haushalt. Ein verschachteltes Haus, das über Generationen Anbauten und Umbauten und Aufstockungen mitgemacht hat, um jedem Familienmitglied ein Stübchen, eine eigene Toilette, irgendeine Erleichterung zu verschaffen. Jeder kleine finanzielle Überschuss wurde in eine Verbesserung investiert. Es gibt gleich zwei winzige Höfe, in denen man sitzen und den Morgentee trinken kann. In einem davon sogar ein Flecken Gras, umgeben von Blumentöpfen mit ungebärdig-wild wachsendem Grünzeug. Drei Schreibzimmer mit Computern, aber alle drei ohne natürliches Licht, weil vor die Fenster weitere Glieder dieses Labyrinths gebaut wurden. Gibt es Orte mit zentrifugaler Anziehung – das Speisezimmer, das Wohnzimmer? – Ja, aber sie sind es nur zu bestimmten Tageszeiten. Im Wohnzimmer sitzt frühmorgens der gebrechliche Vater und liest Zeitung, kaum aufblickend, wenn jemand dazukommt, trinkt eine erste Tasse Tee und steht unvermittelt auf, um sich zurückzuziehen. Unterhaltungen gibt es nur bruchstückhaft.

Alles ist kleingegliedert, unfrei, stößt an Enges. Doch wie traumwandlerisch ordnet sich jeder Mensch ein. Die Hausangestellten, darunter Frauen in der Küche, zwei junge Männer, die schweigend und geradezu unsichtbar dem Gebrechlichen zur Seite stehen; der eine wischt auch morgens die Fußböden und bewässert die Pflanzen. Das organische Durcheinander erscheint niemals hektisch, niemals ratlos. Die Ziele und Absichten sind selten offenkundig, aber letztlich bekommt alles oder jeder, was ihm zusteht. Ich denke an die Theorie der Schwärme, deren Ordnungen sich intuitiv regeln, sodass niemand anhalten und ausscheiden muss.

– New Delhi

113

Ankunft. Nach der Winterpause kehre ich nach Shimla zurück. Monoj stürzt aus dem Café im Alten Postamt, als er mich ankommen sieht, reißt mir einen Koffer aus der Hand und begleitet mich bis zu meiner Wohnung.

Prachi, meine Nachbarin aus Gujarat, steckt den Kopf aus ihrer Wohnungstür und fragt nur: »Was gibt's?«; Ramesh sagt am Telefon, er sei sehr beschäftigt; Christian ist schon abgereist, unerwartet , weil er diesen bestimmten Zug ab Delhi erwischen muss; Bettina meldet trocken am Telefon: »Grüß Gott, ich habe heute kein Wifi in der Wohnung und auch nicht im Institut: schlimm!«

Nur der einfache *Chowkidar* Monoj hatte begriffen, wie wesentlich nach zwei Monaten der Abwesenheit ein klares, helles Willkommen ist. Jede Kleinigkeit zählt bei der Ankunft, weil sie sich sogleich ins Symbolische vertieft. Der erste Satz soll nicht zurückhaltend klingen. Der erste Satz soll mich nicht spontan mit den Problemen des anderen zuschütten. Der erste Satz soll Offenheit zeigen: Du bist angekommen? Wir haben einen Platz für dich, wir haben Zeit für dich. Die Festlichkeit der Ankunftsstunde soll der graue, missgelaunte Alltagskram der Zurückgebliebenen nicht plattwalzen. Denn das erste Willkommen, aus einem befreiten Sinn gesprochen, legt die Tonart fest, in der ich den gesamten Aufenthalt leben werde.

– Shimla

114

Hummus. Kichererbsen, Peperoni, leicht angeröstete Sesamsamen und Olivenöl, in einem Mixer zu einer dicken Paste zerkleinert, dann frisch serviert. Das ist das schlichte Geheimnis der Delikatesse, die Hummus heißt, ein Gericht, das in Israel ebenso bekannt ist wie im arabischen Mittleren Osten. Speisen und Essgewohnheiten überfliegen die Grenzen und die Zwiste zwischen Religionen und Ethnien und Staaten. Könnten wir doch die Meinungen und religiösen Gebräuche anderer ebenso natürlich – und mit neugierigem Interesse – akzeptieren wie deren Essgewohnheiten!

Hummus habe ich kennengelernt, als ich Alex Aronson zum ersten Mal in Israel besuchte. In seinem Auto fuhren wir von seiner Wohnung auf dem Berg Karmel, oberhalb von Haifa, nach Osten zum See von Galiläa. Ich war erstaunt, wie kurz die Fahrt war und dass der See aussah wie jeder See. Als wir Halt gemacht und uns in einem Restaurant am Ufer niedergelassen hatten, der liebenswürdige alte Freund mir gegenüber, da überkam mich die Bedeutung des Ortes. Alex bestellte Hummus zum Mittagstisch. Es sei sein arabisches Lieblingsgericht. Ich aß es zum ersten Mal. Seitdem verbinde ich diese Speise mit Israel, mit Alex Aronson, mit dem Kairos dieser Stunde am See.

Wo ich Hummus auf der Speisekarte entdecke, bestelle ich es zur Feier des verstorbenen Freundes. Ich erinnere mich an Flugaufenthalte in Dubai, an das libanesische Restaurant in Bombay, an türkische Restaurants in Deutschland ... In Shimla steige ich über zwei schmale Stiegen in den zweiten Stock von »Wake & Bake«, um Hummus zu bestellen. Das Olivenöl soll dünn auf der Paste schwimmen. Wenn ich Glück habe, kann ich am Fenster sitzen und auf die Fußgänger hinabschauen, während ich sorgfältig Löffel für Löffel esse.

– Shimla

115

Verspottete Armut. Die »Mall« ist die Hauptgeschäftsstraße Shimlas auf dem Kamm des Bergrückens, über den sich die Stadt ausbreitet. Unterhalb der Mall liegt der »Lower Bazar«, jenes Gewebe enger, gewundener Wege, an denen sich die Verkaufsstände reihen, bandwurmlang. Für jegliches Gefährt sind die Wege zu schmal. Waren können nur von Lastenträgern über Wege und Treppen befördert werden. Das Tragband ihres Korbs schlingen sie um die Stirn, sie gehen gebückt, als würden sie die Last, anstatt auf dem Rücken zu tragen, vor sich hin drücken. Die gebeugte Stirn nimmt das Hauptgewicht auf sich. In den Bergen sind sie das Sinnbild der mühseligen und beladenen Menschheit.

Wie anders das Sinnbild in der Ebene: Die Träger heben ihre Last auf den Kopf und balancieren sie mit intuitivem Geschick. Ein durchgebogenes und sicheres Rückgrat ist Voraussetzung. Diese strenge Geradheit verhindert, dass die Mühe der Last zu einem Symbol, zu einer Anklage wird.

Die kleinen Buden und Geschäfte, so einfallslos nebeneinander gereiht wie die Soldaten auf dem Exerzierplatz, bieten dutzendfach dieselben Waren an – da ein Gemüsestand neben dem anderen, da ein Obststand neben dem anderen, da ein Dutzend Stände mit Tassen und Tellern, da ein neues Dutzend mit Geschirr aus Stahl oder Aluminium, weiter drüben Elektronik, gleich neun, zehn, elf Buden hintereinander. Der Ehrgeiz, mit Besonderem, mit etwas Einzigartigem zu locken, geht, falls er je bestand, in dem chaotisch-bunten, fröhlich-lauten Zuviel des indischen Bazarlebens unter. Armut? Von wegen Armut – Überfülle überall! Die Bazare strecken der Armut die Zunge heraus!

In den Bergen scheint wegen der Beengtheit die Buntheit umso schriller zu werden – wie der Strahl aus einem Schlauch, dessen Öffnung zusammengepresst wird. Billigpreise locken, noch einmal heruntergejagt durch Feilschen und wieder hochgejagt durch schelmische Tricks. Vom Knallig-Farbigen, das sich von Stand zu Stand überbietet und dabei zum Farbbrei zerrinnt, geht keine Verlockung mehr aus. Kitsch und Stil, Ästhetik und Maß sind keine Werte, weil alles in einem großen Tohuwabohu zusammen- und gegeneinanderwirkt.

Hier herrscht das Gegenteil vom Schwarmeffekt, weil die Kräfte aufeinanderprallen, anstatt sich einzuordnen. Ich erinnere mich an die Kirmes in meiner Kindheit, als uns jene Zweisitzerelektroautos anzogen, die auf einer Eisenfläche rundfuhren und deren Kufen zum Juchei! der Insassen die anderen Autos rammten, je mehr, je heftiger desto herrlicher.

Obwohl die Bazar-Atmosphäre meinem Naturell konträr ist, spüre ich eine vage Attraktion. Als Ramesh mir erzählte, er sei vom Lower Bazar zurückgekehrt, scheint mir, als hätte ich etwas verpasst.

– Shimla

116

Stolz der Armen. Dass arme Menschen, wie andere auch, »ihren Stolz haben«, also ein Selbstwertgefühl brauchen, um ausgeglichen weiterleben zu können, muss uns bewusst bleiben. Darum war es mir immer wichtig, die Einladungen und Geschenke von armen Menschen anzunehmen und nicht abzuwehren mit dem Gedanken: »Nein, nein, das kann er sich nicht leisten! Das fehlt ihm später bei der Versorgung seiner Familie.« Oft erlebe ich, dass Arme zu drastischen Opfern bereit sind, um anderen eine Freude zu machen. Das Gefühl, durch die Annahme dieser Opfer nütze man die Menschen aus, muss ich zurückdrängen. Es gilt jedoch, die angemessene Haltung der Annahme und Dankbarkeit zu finden.

Monoj brachte monatelang jeden Abend einen Behälter mit vier Chapatis und etwas Currygemüse. Diese Freude, mir eine konkrete Hilfe zu geben, durfte ich ihm nicht nehmen. Ich achtete auf einmal bewusster darauf, nicht unnütz Geld auszugeben. Verschwendung selbst im Kleinen wäre eine Beleidigung gegenüber Monoj und seiner Familie gewesen. Ich würde mich schuldig fühlen.

– Shimla

117

Schneepoesie. Die Verwandlung der Landschaft, während dicke Schneeflocken herabgleiten, diese Verwandlung war eine der Ergötzungen unserer Kindheit. Das Spitze wird rund, das Steile flach, Täler füllen sich vor unseren Augen – welch ein Zauber! Sanfte Kräfte arbeiten stetig, still und unbeirrbar. Gerade erlebe ich die Verwandlung wieder.

Sanfte Kräfte? – Ja, solange wir uns vor ihnen zurückziehen können. In ihr Anziehungsfeld zu geraten, ist nicht immer romantisch. Die Macht des Stetig-Sanften entlädt sich in Lawinen, abgebrochenen Bäumen, zerborstenen Dächern. Wer im Schnee arbeitet, braucht wasserdichte Gummischuhe oder Stiefel, nicht die Leinenschuhe, die unsere Arbeiter, die ich von meinem Fenster aus beobachte, tragen. Wer auf die fallenden Schneeflocken Gedichte ersinnt, wird dies aus dem Rückhalt eines gewärmten Zimmers tun.

In meinem Arbeitszimmer im Rashtrapati Niwas pfeift der Wind durch die schief in die Rahmen gesetzten Fenster. Schlechte Handwerkerarbeit. Eine Heizung brauchten die britischen Baumeister nicht; in den kalten Monaten regierten sie aus der Ebene. Um meine Arbeit beginnen zu können, reibe und hauche ich meine Finger warm. Einen elektrischen Heizkörper ziehe ich eng an meinen Stuhl heran. Das linke Bein wird warm, auch die linke Seite von Bauch und Brust. Die Füße sind eiskalt, die Hände wollen nicht gelenkig werden. Ich spüre mich innerlich beben. Der Körper wehrt sich gegen die Kälte im Raum, umso mehr, als der gesamte schneegraue Tag keine höheren Temperaturen verspricht. Ich merke, meine mentale Abwehrkraft wird schwächer. Werde ich schreiben können? Der Schnee fällt stetig, still und unbeirrbar.

– Shimla

118

Künstlerwohnräume. Besuch bei dem Künstler B. und seiner Frau. Ein typisches Berghaus im kolonialen Stil. Die Wohnräume liegen im – dunklen – Inneren, während der Rundgang auf drei Hausseiten hell, jedoch zum Sitzen und Bewohnen zu schmal ist. Solche architektonische Lichtverschwendung gerade in den Bergen, in denen Licht und Wärme kostbar sind, habe ich nie verstehen können. Immerhin hat B. auf einer Nebenseite des Rundgangs seine Werkstatt eingerichtet. Dort steht die Staffelei und dort liegen Haufen von ausgequetschten Farbtuben, hat seine Frau Blumentöpfe aneinandergereiht, das Grünzeug umschlingt wuchernd das Licht. Der Künstler hat jeden Zoll der Wand mit Zeichnungen, Plakaten, Zeitungsausschnitten und Zetteln mit Aussprüchen bepflastert. Auf schmalen Borden stehen Tonfigürchen, Tellerchen, verzierte Töpfchen, Plaketten und Unerkennbares. Dieses kreative Gewimmel schwappt in die Innenräume und überschwemmt sie. Die großen Gemälde drängen sich dicht an dicht und stapeln sich zwischen Möbeln auf gespannter Leinwand. Der Betrachter ist eingepfercht.

Mir ist, als würde ich in ein Spiegelkabinett treten. Der Spaß dabei ist, dass die Besucher verwirrt werden und die Orientierung verlieren. Diese Wohnung wehrt ebenso Besucher wie Eindringlinge ab. Ich wehre mich ebenfalls und vermag zunächst der Aufforderung, mich zu setzen, nicht zu folgen. Beschämt fühle ich mich, als wäre ich mit plötzlicher Intimität konfrontiert – so wenig geht der Gastgeber in diesem Haus auf seine Besucher ein.

– Shimla

119

Der verlorene Sohn, Zweiter Teil. Madans Spuren in Portugal verfolge ich aus der Ferne. Der deutsche Bekannte U. bemüht sich um dessen Legalisierung, nachdem mittlerweile das Schengen-Visum abgelaufen ist. Während dieser Prozess läuft, kann Madan keine bezahlte Arbeit annehmen. Er hat sich zunächst von seinem nepalesischen Netzwerk in Portugal lösen müssen, und hofft, auf U. vertrauend, rasch eine Aufenthaltserlaubnis zu bekommen, um legal arbeiten zu können. Das würde bedeuten: weg von den ausbeuterischen Löhnen, für die seine nepalesischen Kumpel schuften. Stattdessen normal gut bezahlte Löhne mit Sicherheit, auch bei Krankheit und Ausfall. Inzwischen läuft der Prozess schon halbes Jahr. U. hat den von Ungeduld in

Verzweiflung fallenden Jungen auf dem Hof deutscher Freunde untergebracht, wo er wohnt und die Haustiere versorgt – aber eben keinen Lohn erhält. Solange die Legalisierung nicht abgeschlossen ist: keine Arbeit gegen Bezahlung!

Zwei Monate hat er in einem Feriencamp von deutschen Jugendlichen gewohnt und – unentgeltlich – in der Küche mitgeholfen. Er wird freundlich behandelt, er gewinnt Freunde, er treibt mit den Jugendlichen Sport und Spiele, Madan hat schwimmen gelernt und spielt in der Volleyball-Mannschaft. Aber er hat kein Geld, um seine Schulden zu begleichen. Könnte er doch zumindest *anfangen* zu verdienen, damit er und seine Familie sieht, dass etwas geschieht!

Der Familienklan in Kathmandu wird ungeduldig. Schick das Geld zurück!, heißt das immer dringlichere Signal. Die Familie hat Madan in diese Situation hineingeritten, *sie* wollte doch, dass er nach Europa fliegt, *sie* hat ihm den Agenten auf den Hals geschickt, der ihm irre Gewinne bei einem tollen Job versprochen hatte. *Ihret*wegen hat Madan dem Mann Glauben geschenkt.

Nun sitzt der Junge in der Patsche und der Klan fordert: Geld zurück! Der treudumme Bursche meint immer noch, gehorsam alles tun zu müssen, was man in Kathmandu verlangt. Mittlerweile kippt seine fröhliche Natur in eine depressiv-fatalistische Stimmung. U. sagt, ebenso hilflos wie der Junge selbst, dass viele im Drogengeschäft und in der Prostitution landen, um ihre Schulden abzustottern. Zum Glück lebt Madan relativ beschützt auf dem Land.

Die Anrufe seiner Tante, die ihm Geld vorgeschossen hat, ignoriert er. Sie würde ihm wieder einmal sagen, dass sie in Kathmandu ein Geschäft eröffnet und dringend Geld ... und so weiter. Nur mit Frau und Sohn spricht er noch. Er fühlt sich schrecklich allein. U. ermuntert, fordert, beschwört, damit er nicht aufgibt und nicht mit dem illegalen Milieu der »nepalesischen Mafia« Kontakt aufnimmt.

Der »verlorene Sohn« ist aufgetaucht, doch er trägt auf dem Buckel seine alte Last – die mutwillige Verschuldung, die selbst auferlegte Pflicht, nicht ohne einen Sack Geld aus Europa zurückzukehren, damit er Frau und Kinder ernähren, seine Schwester zur Schule schicken und sein Gesicht beim Klan wahren kann. Das Fest für den verlorenen Sohn ist ausgesetzt. Zwar ist er (in mein Blickfeld) zurückgekehrt, aber er trägt seine Vergangenheit mit sich. Die Parabel berichtet nicht, was der Sohn nach dem Fest tat – hat er seine eigene Geschichte »aufarbeiten« können?

– Shimla

120

Indisches Publikum. Das Stichwort »Indien« lässt an Stille, Kontemplation, Konzentration denken. Was für Klischees! Die Wirklichkeit ist anders: Indisches Publikum ist gern in Bewegung. In Konzerten, bei Vorträgen: ein temperamentvolles Rein und Raus, Zuspätkommende dürfen eintreten, andere verlassen ungeniert den Saal früher. Sogar während der Konzerte großer

Sitar- und Sarodspieler – ein Gehusche und Geflüster. Keiner, der aufstehen will, bleibt trotzdem aus Respekt sitzen.

In Deutschland lernen wir, schweigend zuzuhören und vom Anfang bis zum Ende sitzen zu bleiben. Ehrfurcht und Achtung werden so und nie anders ausgedrückt. Das Kirchlich-Sakrale wie das Kultur-Sakrale verlangen die Stille, den Stillstand als Andachtshaltung. In Indien mischen sich elastisch und spontan die Sphären – einige hören zu und lassen sich nicht stören. Andere wenden sich ab und lassen sich ebenso wenig stören. Die Vortragenden sind daran gewöhnt, innerhalb dieses Stroms der Sphärenvermischung ihr Bestes zu geben. So auch in den Hindutempeln, die keineswegs Orte von Stille und Versenkung sind. Da wird gerufen und umhergelaufen; mittendrin fromme Litaneien und geschlossene Augenlider. Die Sphären schießen zusammen und verschmelzen.

– Neu-Delhi

121

Dankbarkeit als Fest. Das ist eine der Eigenschaften, über die ich nachdenke. Dankbarkeit soll meine Grundstimmung werden. Morgens aufgewacht, mache ich mir als Erstes bewusst, dass ich mein Leben neu empfangen habe. Ein Geschenk unsichtbarer hoher Mächte ist das Leben. Denn ich selbst kann kein Leben schaffen. Vieles können wir Menschen »machen« – nicht aber das Leben. Ich nehme jeden Morgen mein Leben neu an, so wie es an diesem Morgen ist: teils von mir so gestaltet, teils durch hohe und niedere Kräfte so geworden. Dieses bedingungslose Annehmen weckt wie von selbst Dankbarkeit.

Diese Dankbarkeit lehrt mich, wie unsinnig es scheint, Forderungen an das Leben zu stellen. Mir gibt es, was ich anzunehmen fähig bin, das ist mein Anteil. Dankbarkeit weist meinen Ehrgeiz, meine Eifersucht, jegliches Überlegenheitsgefühl in seine Schranken.

Dankbarkeit lässt den Kummer, der mich plagt, blasser werden. Dankbarkeit versöhnt mit dem eigenen Schicksal. Sie lässt gerade ältere Menschen mit Zuversicht und ohne Bedauern in die nächsten Tage und Jahre blicken. Aus ihr wächst die Kraft, das Geschenk Leben weiterhin verantwortungsvoll zu verwalten.

Dankbarkeit ist eine Stimmung, die niemals aufgebraucht ist, die, wenn sie echt ist, lebenslang andauert. Sie kann nicht, darf nie eine Belastung sein. Im Gegenteil, sie ist ein Strom, der uns trägt, weiterträgt. Ist Dankbarkeit ausgereift, wird sie zu einer festtäglichen Stimmung, in der man niemandem mehr übelwill, in der Ressentiments und das große Bedauern über Verfehlungen im eigenen Leben aufgebraucht sind.

– Shimla

122

Ram Ram. Steige ich morgens von meiner Wohnung in Bilaspur House hinauf zum Rashtrapati Niwas, begegne ich häufig Morgenspaziergängern. Sie kommen regelmäßig, weil sie die Stille und die Wälder von Summerhill lieben. Darunter ist jener nicht mehr junge Mann mit einer *Mala* (einem Rosenkranz) in der rechten Hand. Oft sind in Altersfalten seelisches Leid, Angst, körperlicher Schmerz eingeritzt. Aus den tiefen Linien dieses Gesichts spricht eine aufrichtige innere Freude. Dieser Mann wirkt sprühend, mit Energie wie aufgeladen. Seine Finger bewegen die Perlen seines kurzen Rosenkranzes; auch wenn er spricht, halten sie kaum inne. Zu jeder Perle ein gemurmeltes *Ram Ram*.

Das bringe ihn fröhlich durch den Tag. Bei jedem Einatmen und Ausatmen *Ram Ram*. Er arbeite beim Elektrizitätswerk, erklärt er in schlechtem Englisch. Ich grüße ihn mit besonderer Ehrerbietung.

Einmal sagte er mir, ich solle den Namen von Gott Ram »erforschen« – das sei die eigentliche Forschung, der wir uns widmen sollten. Darauf ging er eilends weiter. Seine Aufforderung bleibt mir im Sinn.

– Shimla

123

Kein Dreck. Aus Bremen die Nachricht vom Tod der Schwiegermutter eines Freundes. Eine lange, lange Ehe, ein symbiotisches Zusammenleben bis ins hohe Alter ist vorbei. Am offenen Grab soll der neunzigjährige Schwiegervater, dem symbolischen Brauch folgend, eine Handvoll Erde auf den Sarg werfen. Auf einmal weigert er sich und murmelt: »Aber Dreck werf' ich dir nicht hinterher.« Sagt er und dreht sich um.

– Shimla

124

Den Hund besuchen. Ankan, ein junger Künstler aus Kalkutta, hat ein Studium in Miniaturmalerei an der Universität Shimla begonnen. Wir treffen uns und kommen auf Bengalisch ins Gespräch. Häufig essen wir eine Mahlzeit in Boileauganj zusammen. Oder er hastet, schwitzend trotz der Kälte, in mein Arbeitszimmer im Rashtrapati Niwas, hockt sich außer Atem ans Fenster und schaut schweigend hinaus.

Heimweh hat der Junge. Wonach er sich am meisten sehne, frage ich ihn. Nach Alley, seiner Hündin. Er spreche oft mit ihr. Offenbar erkennt das Tier seine Stimme am Telefon. Ankan behauptet, sie antworte ihm sogar mit freundlichen Wuffwuff-Lauten. Alley hat Geburtstag. Nach einem Schaumbad bekommt sie von den Eltern ein rotes Band um den Hals und dann ist sie bereit für ein Video-Telefonat mit ihrem Herrchen in Shimla, der ihr »Happy birthday to you« vorsingt.

Schließlich bucht Ankan den Zug nach Kalkutta, »um Alley zu besuchen«. Auf seine Eltern freut er sich nicht? »Doch, natürlich«, antwortet er. »Die haben meinen Bruder und meine Schwester, aber Alley hat nur mich.« Die Hinfahrt dauert zwei Tage. Drei Tage in Kalkutta, dann zwei Tage zurück.

Am Abreisetag sagt Ankan am Telefon, ich müsse ihn am Bahnhof verabschieden. »Ich hoffe, du wirst mich vermissen«, sagt er ganz im Ernst. Der 24-Jährige lebt in seinem kindlichen Paradies.

– Shimla

125

Karnali-Tal. Eine Erinnerung. Einige Erlebnisse verliert man nicht. So tief prägen sie sich ein, dass sie immer wieder auftauchen, meist assoziativ, manchmal aber so unvermittelt, dass ich überrumpelt werde. Oft sind es negative Ereignisse: eine alte Verärgerung, eine Beleidigung, eine Schuld, eine unerwiederte Liebe.

Eines von den positiven Ereignissen, das mich nicht verlässt, ist die Begegnung mit einer Gruppe Polizisten im Karnali-Tal in Nepal. Es war Ende September 2001 auf der Rückreise von unserer Pilgerfahrt zum Berg Kailash. Von der tibetischen Grenze aus waren wir einige Tage den Karnali-Fluss talwärts gewandert und noch eine Tagesreise von Simikot entfernt. Von dort würde uns das Flugzeug nach Kathmandu zurückbringen. Damals machten die maoistischen Terroristen das Tal unsicher, auf dem Weg aufwärts hatten wir Tribut bezahlen müssen. Als ich mich, vor einem Teestübchen beim Zeltplatz hockend, vom Tagesmarsch ausruhte, war es zunächst kein angenehmer Anblick, als sich ein Trupp Uniformierter mit Gewehren über den Schultern näherte. Er marschierte uns langsam entgegen. Uniformierte? Das waren entweder Maoisten, die oft zur Tarnung Polizeiuniformen trugen, oder eben nepalesische Polizei. Auch sie könnte unangenehme Fragen stellen. Wo unsere Trekking-Permits seien, wo die Bergführer? Diese hatten nämlich eine andere Route gewählt und würden erst morgen wieder zu uns stoßen.

Der Trupp lagerte sich, die Rucksäcke und Gewehre ablegend, rund um die Teestube im Gras. Nur der Anführer setzte sich auf die Bank mir schräg gegenüber. Nach den Abzeichen an den Schultern zu schließen, waren es nepalesische Polizisten. Sie unterhielten sich miteinander, doch der Chef, ein junger und hochgewachsener, schlanker Mann, warf mir Blicke zu. Er bezähmte seine Neugier, also sprach ich ihn zuerst an, streckte meine Hand hin, stellte mich vor, berichtete von unserer Gruppe, bevor er selbst fragen konnte.

An seinem Hals hing ein Medaillon mit dem Bild des Dalai Lama. Ich fragte ihn danach und er bekräftigte, dass er Buddhist sei und den Dalai Lama verehre. Dabei zeigte er auf einen seiner Leute und sagte, er sei Christ. Worauf jener ein Halsband mit einem Kreuz unter seinem Hemd hervorzog. Der Chef spendierte mir eine Tasse Tee. Ich sei in diesem Land Gast und heute sei ich sein Gast, sagte er. Ich trank in winzigen, höflichen Schlucken, während ich weiter fragte und erzählte. Es waren keine ungewöhnlichen Geschichten und keine großartigen Fragen, aber der Chef hörte mit solch jugendlicher Liebenswürdigkeit zu und ging so gesammelt auf mich ein, dass ich ein Tremolo der Dankbarkeit und Rührung in meiner Stimme spürte. Wir waren die unwahrscheinlichsten Partner, aber im Nu war eine Verbindung entstanden, die mit anderen ein Leben lang nicht möglich ist.

Der Trupp musste weiterziehen, um vor Dunkelheit das nächste Dorf zu erreichen. Die Polizisten hatten sich schon erhoben und warteten. Ihr Chef wollte sich nicht lösen. Als er endlich aufstand, schien er zu überlegen, wie er sich verabschieden könne. Ich gab ihm die Hand und zog sie sehr leicht an mich, und sofort fielen wir uns in die Arme. Ohne Scheu und ganz kurz. Dann marschierte er, ohne sich umzublicken, davon.

– Shimla

126

Traum – Erinnerung – Wirklichkeit. Heute erwachte ich eine Stunde später als üblich. Lange hatte ich gebraucht, um meinen Traum auszuträumen. Erschrocken setzte ich mich auf. Derselbe Traum! Ich habe ihm mehrmals nachgehangen, schon vor zehn oder vor – wie vielen Jahren? Ich steige allein einen Gebirgsweg hinauf, die Gegend ist kahl und felsig. Doch hinter einer Wegbiegung, hinter einer Felsennase entdecke ich plötzlich Leben: ein Bergdorf, Farbe, Fröhlichkeit, Vitalität. Menschen auf einer Marktstraße, Menschen, die mir entgegenkommen und mich begrüßen. Menschen, die ich schon immer wiedertreffen wollte ...

Aufgewacht scheint mir der Traum kein Traum zu sein, sondern ein Bild aus meiner Erinnerung. *Da war ich schon!* Dieses Dorf kenne ich. Ihre Menschen sind mir bekannt. Könnte ich noch einmal dorthin wandern! *Aber wo ist das Dorf?*

Ich versuche lange, mich zu erinnern. Diese Wegbiegung und dann plötzlich diese Öffnung zum dörflichen Leben. *Wo* liegt das Dorf? Ich habe häufig diese Suche in meiner Erinnerung unternommen, aber jedesmal musste ich aufgeben. Oder habe ich einmal entdeckt, wo ich in der Traumerinnerung gewesen bin – und es vergessen?

Ich assoziiere den Dorfweg mit Tibet und Nepal. Wir sind im Himalaja. Davon bin ich überzeugt. Heute morgen versuche ich, alle meine Besuche im Himalaja zu erinnern. Als ich McLeod Ganj besuchte, da gab es einen solchen stillen Weg hinauf. Auf der Kuppe haben wir lange gesessen. Aber dahinter liegt kein Dorf. Andere Szenen fallen mir ein. Aber keines dieser Bilder aus der Erinnerung hat dieselbe Stimmung wie dieser Traum, der immer wiederkehrt.

Dahin möchte ich, dahin *muss* ich reisen! Auch während ich dies schreibe, bohrt in mir der Schmerz, dass ich das Dorf nicht erkenne, obwohl mein Traum so nah am erinnerten Leben wohnt.

Natürlich ist es das Paradies – etwas Paradiesisches. Es ist Shangri-la[4]. Wenn im Augenblick meines Sterbens dieses Traumbild in mir leben wird, dann wird es ein guter Tod sein, denke ich heute. Denn in seinem Schmerz hat der Traum auch etwas tief Tröstliches.

– Shimla

127

Flüchtlinge. E. berichtet über die syrischen Flüchtlinge, die sie in Berlin betreut. Die Männer haben einen harten Trek nach Europa hinter sich gebracht. Unvorstellbar, ihr Mut! Mit diesem Ausruf beginnen wir, sie zu idealisieren. Die Anpassung vieler Menschen, klagt E., orientiere sich allerdings am Konsumrausch der verwöhnten deutschen Jugendlichen. Besuche in Bars, Tanzen, Alkohol, schicke Kleider. Damit beginne konkret Integration, nicht mit europäischen Werten, die eher unbewusst, uner-

4 Ein unerforschtes, weil unzugängliches Tal in Tibet. James Hilton fiktionalisierte die Entdeckung von Shangri-la in dem Roman »Der verlorene Horizont«. Er wurde zweimal verfilmt.

kannt aufgesogen werden und gewiss länger brauchen, um sich auszuwirken. Wenn man Flüchtlinge als »Opfer« behandelt, tut man ihnen keinen Gefallen damit. Sie zu schonen, wird ihnen nicht gerecht. Das Problem ist, dass »Helfer« sich wohler fühlen, wenn sie Opfer unterstützen anstatt Menschen mit Stärken und Schwächen, wie wir sie alle haben.

– Shimla

128

Denk daran, dass du lebst. Vitalität, Lebensenergie ist, was Hindernisse besiegt. Nicht Erfahrung, nicht Macht über Menschen, nicht Reichtum geben den Ausschlag. Es kommt darauf an, wie lebendig man ist. Daraus wachsen Mut und Energie zu einem ungewöhnlichen Lebenswerk.

Sich die eigene Lebensenergie bewusst zu machen, ist eine frühe und schwierige Aufgabe. Denn das heißt, dass man sie nicht verschleudert wie unbefangene und unreife Jugendliche. Das heißt, die Energie behutsam zu kanalisieren, sodass sie bedeutsam wird. Man soll danach streben, seiner Energie eine Aufgabe zu geben, damit sie zu einem Sinn reift. Verlorene Lebenskraft ist nicht nur vertane Zeit, sondern auch vertanes Lebenskapital. Je länger wir zögern, uns in die Disziplin zu nehmen, desto schwieriger wird es, sie zu lernen. Versäumen wir die günstige Stunde nicht!

– Shimla

129

Versteckte Eitelkeit. Eine Erinnerung. Mir fällt die amüsante Szene ein, die ich zufällig von einem Hotelfenster beobachtet habe. Ich schaue auf den Gebäudetrakt, in dem offenbar die Bediensteten wohnen. Ein Junge hat seinen Spiegel ans offene Fenster gehängt und versucht, sich davor auf der nackten Brust eine Krawatte umzubinden, eine breite, rot leuchtende Krawatte. Gründlich betrachtet er aus verschiedenen Winkeln sein Spiegelbild, wobei er hingebungsvoll und ängstlich an diesem lächerlichen bunten Lappen zupft. Dann löst er den Knoten und versucht, das Ding »andersherum« zu binden, streicht es glatt und nochmal glatt und fummelt daran herum, vielleicht, weil der Knoten zu dick oder zu breit geworden ist. Schließlich zieht er die Krawatte aus. Ob er mit seinem Experiment, ein Herr zu sein, zufrieden ist?

Später sehe ich den jungen Mann in weißem Hemd, aber offenem Kragen wieder ans Fenster treten, um es zu schließen. Er ist kein Herr geworden; diese Rolle verstand er nur auf komische Art zu spielen. Machen Kleider Leute? Gewiss nur für den ersten Augenblick. Beginnt der Mensch sich zu bewegen, zu sprechen, zu leben, sind die Kleider entweder wie eine zweite Haut oder wie eine Perlmuttmuschelschale – anziehend schimmernd, aber nicht lebendig.

– Shimla

130

Mit Science-fiction in die Zukunft? »Blade-Runner« von 1982 ist ein Vorbild im Genre der Science-Fiction-Filme. Darin werden künstliche Menschen, sogenannte »replicants«, hergestellt, die den Menschen als Sklaven dienen, aber eine extrem kurze Lebensspanne besitzen. Sie sind emotional kalt, aber mit hoher Intelligenz ausgestattet.

Warum sind Science-Fiction-Filme, die unsere Zukunft ausmalen, meist so dunkel, so hässlich, so trostlos in ihren Visionen von Gewalt und unkontrollierbaren künstlichen Welten? Gibt es keine Utopien, die uns Heutige freundlich in die Zukunft führen, wie das in früheren Utopien möglich war?

Einerseits die unbedingte, süchtige Technologiegläubigkeit, dass »Fortschritt« nur in weiterer Technisierung, Robotisierung der Welt bestehen könne. Ein Leben wie das des Apple-Chefs Stephen Jobs zeigt dies erschreckend deutlich. Seine Erfindungskraft ist glorifiziert, seine Dynamik, die zur Erfindung neuer Modelle der digitalen Weltdurchdringung führten, gefeiert worden. Niemand jedoch fragt: Suchte dieser Mann niemals seine Grenzen festzulegen? Legte er nicht fest, wie weit diese Durchdringung reichen darf? Er wollte wie ein Mephisto mit seinen Erfindungen und Neuerungen die Seelen der Menschen kaufen. Wofür? Für die Maximierung des Profits natürlich. Das genügte ihm.

Andererseits die düsteren Blicke auf die technologischen Neuerungen, die unser Leben auffressen. Mit lustvollen Schauern erlauben wir uns in den Science-Fiction-Büchern und -Filmen eine Vorahnung unserer eigenen Zerstörung.

Sollten wir nicht den Knoten zerhauen, indem wir uns gebieten: Schluss mit der grenzenlosen Macht der Technologie über unser Leben? Wir setzen für uns diese Grenzen und achten darauf, dass wir sie einhalten.

– Shimla

131

Karma, der Rapper. Zuerst traf ich ihn als Kellner im Restaurant »Wake & Bake«. Er stottert heillos und verzieht jedes Mal, wenn er stockt, sein Gesicht zur Grimasse, gewaltsam bemüht, das nächste Wort herauszubringen. Sein Gesicht ist glatt wie das eines Kindes. Nichts in seinen Zügen lässt darauf schließen, dass er sich mit jedem Satz Gewalt antun muss.

Mich überraschte, dass er trotz dieser Behinderung einen Job angenommen hat, der ihn ständig unter neue Leute bringt, mit denen er kommunizieren muss. Jedesmal wird er von den Gästen eine Reaktion bekommen. Einige werden ein Kichern unterdrücken, andere peinlich berührt weggucken, wieder andere von barmherzigen Gefühlen triefen oder seinen Worten zuvorkommen wollen. Welche Last, sich dem täglich auszusetzen! Wäre es besser, den Taubstummen zu mimen?

Ich bewunderte seinen Mut. Der Junge setzte sich neben Manish und mich und erzählte aus seinem Leben. Sein Name sei Karma. Er sei in einem Waisenhaus in Delhi aufgewachsen. Er habe kämpfen müssen, um sich von diesen Anfängen zu befreien. Er ist nach Shimla ausgewichen, hier fühlt er sich zu Hause, weil die Menschen freundlich zu ihm sind. Seine Liebe gehört der Gitarre.

Einige Monate später treffe ich Karma wieder. Er arbeitet nicht mehr im Restaurant. Wir treffen uns dort, aber er ist Gast wie wir. Ich lade ihn ein, tatsächlich isst er eine Pizza mit uns. Einige junge Männer, deren Mittelpunkt Karma zu sein scheint, lungern um ihn herum. Er sei jetzt endlich ein Rapper, sagt er, was er immer schon habe sein wollen. Er habe Aufträge, er bespiele bald eine CD, er ... Rapper?, frage ich ungläubig. Karma ahnt den Grund meines Erstaunens. Wie kann ein Stotterer zum Rapper werden, zu einem Schnellsprecher?

Doch, antwortet Karma, beim Rappen verliere er alle Hemmungen. Im Fluss der Worte sei er frei, frei, frei!

– Shimla

132

Lass es so stehen! Gewisse Dinge sollten nicht definiert, nicht analysiert, nicht einmal beschrieben werden. Man kann sie nur in sich wirken lassen, ohne diese Wirkung beschreiben zu wollen. Wir sollen nicht alles objektivieren (sagt Kierkegaard), wir brauchen die naive Anschauung, die intuitive Betrachtung, um unser Leben – nein: nicht, um es zu verstehen, sondern um unser Leben total zu leben. Gewisse Werke der Literatur können nicht interpretiert werden – oder anders: können nie zu Ende interpretiert werden. Zum Beispiel Kafkas »Prozess«, einige Gedichte von Rilke, einige Gedichte von Goethe. Einige Romane von Marquez gehören dazu. Gewisse Musikstücke, viele von Mozart, gewisse Kunstwerke sind so ganz in sich vollkommen, dass sie unantastbar sind. Sie existieren in einer eigenen Sphäre wie in einer Zauberkugel. Wir können nicht hineindringen, die Sphäre ist unzerstörbar. Wir können uns ihr nur anverwandeln und dieses Einzigartige in uns selbst sehr vorsichtig, sehr sorgsam beheimaten.

Die Sehnsucht, nur solche vollkommenen Literatur-, Musik- und Kunstwerke zu lesen, zu hören oder anzuschauen, wächst ab einem gewissen Alter. Gelänge uns das, wohnten wir im Vorhof des Himmels.

– Shimla

133

Dichters Eitelkeit. Der bekannte Dichter, früher im Polizeidienst, referiert über ein literarisches Thema, doch schweift er immerzu ab, um von sich zu reden: Wie er in diesem oder jenem Land diesen oder jenen berühmten Dichter getroffen habe. »Er hat mir gesagt ...« Warum braucht sogar er die Worte eines anderen, um seine eigenen zu unterstützen? Wäre es nicht beeindruckender zu sagen: »Ich habe darüber nachgedacht, meine Meinung ist ...« – Oder: »Meine Erfahrung hat mich gelehrt, dass ...«

Eitelkeit ist eine der destruktiven Eigenschaften. Das aggressive Ego täuscht vor, verkleidet sich, spielt unterschiedliche Rollen, immer, um größer zu erscheinen, als es in seiner tiefsitzenden Furcht vermutet zu sein. Eitelkeit tritt immer nach unten, um höher hinaufzukommen. Eines der verwegensten Manöver der Eitelkeit ist die vorgespielte Demut, die zu Floskeln gerinnt, zu eingeübten Klischeehaltungen erstarrt. Die rationale Selbstbeobachtung ist beim Eitlen beinahe ausgeschaltet. Immer wieder brennt das Mundwerk durch. Darum ist es so einfach, die Eitelkeit zu entlarven. Das Kindische des eitlen Charakters lässt sich nie lange verbergen.

Lieber Dichter, gern würde ich dich achten und ehren, aber du erlaubst es mir nicht.

– Shimla

134

Das Leben anderer leben? Ein Leben sei nicht genug, sagen manche Menschen. Sie verlangen, sich auch im Leben anderer zu erleben und wohlzufühlen. Neid entsteht, Gier nach dem, was andere besitzen und erleben. Dieser Bekannte hat es angenehmer in seinem Leben, schau einmal! Er fährt an die See, er macht Bergtouren, er kann sich zweimal im Jahr eine Kreuzfahrt leisten.

Stopp! Ich trete zurück vom gegenwärtigen Wollen und betrachte meine Vergangenheit: Wie sich von Station zu Station mein Leben entwickelt hat. Die beruflichen Phasen, die Freunde, die mir viel bedeutet haben, die hilfreichen Geister, die wichtigen Reisen und Aufenthalte ... So viele unglückliche Zufälle, die ich bedaure, viele Misserfolge, die ich gern vermieden hätte, manche Fehlhaltungen, die ich lang nicht überwinden konnte, manche Versprechen, die ich nicht gehalten habe.

Stopp! Noch einmal trete ich zurück und betrachte mein Leben wieder, um das Glück zu spüren, das der Zufall beschert hat, die Erkenntnisse, die mich getragen, die Treue einiger Menschen, die mich gestützt hat. Und im Lauf dieser Betrachtung erhält mein Leben einen Rhythmus, der stimmiger, tiefer und deutlicher wird, je länger ich ihn erfasse. Dieser Rhythmus gibt meinem Leben Energie und Bedeutung, nachdem die Ebene von Erfolg/Misserfolg überwunden ist. Erkenne ich diesen Rhythmus, fällt es leichter, das eigene Leben anzunehmen, anstatt in der irrealen Welt des Wollens zu flanieren.

– Shimla

135

Der Segen des Schlafs. Eine der Oberflächlichkeiten der Jugend ist, den guten Schlaf als selbstverständlich zu ignorieren. Erst wenn er dünn und launenhaft geworden ist, erkennen wir ihn als den großen Heiler, der er gewesen ist. Selbstverständlich war er uns, weil im Schlaf scheinbar »nichts« geschieht. Das Vertrauen, das wir der großen Leere des Schlafs jahrzehntelang blind zumuteten, bleibt, bis wir entdecken, dass der Schlaf ein Füllhorn von dunklen und hellen Gaben ist. Ängste formen sich wie Seifenblasen und schweben schillernd aufgebläht durch unser Halbbewusstsein. In gestörten Schlafstunden erfahren wir erst, was und wie schmerzlich wir gewisse Dinge bedauern, seien es eigene Fehler, sei es die Lieblosigkeit anderer.

Wir wachen gemartert auf. Mit schwerem Kopf, mit steifschmerzenden Gliedern stehen wir auf und brauchen lang, bis wir uns von diesem Schlaf, der unser Innenleben erschüttert hat, erholen und die Sicherheiten, mit denen wir leben müssen, die sich aber in der Nacht wie eine Geröllawine gelöst haben, wieder in uns verankert sind.

Nach einem gesegneten Schlaf lernen wir spät, leider oft zu spät seine hellen Gaben zu schätzen. So notiert Henry David Thoreau: »Mein Leben ist am heiligsten, wenn ich morgens erwache. Oft umgibt mich eine Aura, als wären meine Träume, deren ich mich nicht entsinnen kann, göttlich gewesen, als hätte mein Geist eine Reise in seine Heimat angetreten.«[5]

Wie weise die Gebete der Mönche, die sich gemeinsam unter den Schutz Gottes stellen, bevor sie schlafen gehen.

– Shimla

136

An Mutters zehnten Todestag. Eine Erinnerung. Diese Geschichte habe ich oft gehört, immer wieder hat meine Mutter sie mir erzählt, jedesmal so, als habe sie sie nie zuvor erzählen können, als habe sie gewartet, bis ich »alt genug« dafür war. Als Mutter ihren neunzigsten Geburtstag feierte, hat sie wieder so begonnen: »Du bist ja immer vorwitzig gewesen«, und ihre in viele kleine Fältchen freundlich eingebetteten Äuglein leuchteten. »Eigentlich schon, bevor du geboren wurdest. Darum bist

5 Henry David Thoreau: Aus den Tagebüchern 1837–1861. Hrsg. und übersetzt von Susanne Schaup. Tewes Verlagsbuchhandlung, Oelde 1996, S. 79.

du zu früh auf die Welt gekommen, viel zu früh, du hast dich richtig ins Leben gedrängt.«

Dann folgte Mutters charakteristische Handbewegung: »*So* klein und krotzelig bist du gewesen«, sagte sie, und sie zeigte mit ihren beiden Händen die nichtige Größe des Babys, das ich war. Ich hatte das merkwürdige Gefühl, als läge ich immer noch auf diesem Schoß, ein augenloses, haarloses Geschöpf aus roten Fältchen. »Du hast nicht schreien wollen, du hast nicht einmal geatmet!«, fuhr die Mutter fort, und nach über fünfzig Jahren spürte sie noch ein kratziges Gefühl im Hals und musste sich räuspern, ihre Augen wurden feucht. »Da warst du ins Leben hineingestürzt und wolltest sofort weiterfallen. Die Schwester hat besorgt geschaut und dein winziges Brüstchen massiert ... half aber alles nichts. Sie hat dein rotes Faltenkörperchen mit heißem Öl eingerieben, du hast aber keinen Pieps getan. Schließlich hat dich die Schwester an deinen Beinchen gepackt und dich hochgehalten und geschüttelt und geschüttelt. Als du da, den Kopf zu unterst, gehangen hast, da hast du angefangen zu schreien und zu schreien und wolltest nicht mehr aufhören.«

Mutter fügte gern hinzu, ich hätte mein Leben »kopfüber« begonnen. So könne man mein, na ja, besonderes Wesen erklären. Sie glaubte sicherlich, meine kümmerliche Geburtsgeschichte würde mir Vergnügen bereiten, zumal dann die Erzählung mit der Zigeunerinnenmilch folgte. Es waren nämlich die Nachkriegsjahre und meine Mutter zog zwei junge Söhne groß. Sie musste sich Gemüse, Eier, ein paar Kartoffeln bei Nachbarn zusammenbetteln. Mein Vater gab Nachhilfeunterricht und übersetzte für die französische Besatzung. Besonders Milch blieb für uns Kinder knapp. Eine vorbeireisende Zigeunerin habe mich darum an ihrer Brust saugen lassen. Sie sei mehrmals vorbeigekommen, ich hätte immer meine Hand nach ihr ausgestreckt, und sie habe ihre Bluse geöffnet. Jahrzehntelang habe ich geglaubt, das sei eine lustige Flunkerei zur Erklärung dafür, dass ich »aus der Art geschlagen« sei. Aber allmählich spürte ich am ernsten Tonfall der Mutter, dass ich tatsächlich die Milch der Zigeunerin getrunken hatte. Sie sei mir sogar gut bekommen, versicherte meine Mutter.

»Zwar bist du winzig geblieben, aber hartnäckig und zäh geworden bist du, wie ein Stück Leder« – und sie wollte mir wie einem Knaben beruhigend über den Kopf streichen, doch wich ich ihr peinlich berührt aus. »Und das bist du bis heute geblieben, ein hartnäckiges und zähes Bürschlein!«, schloss sie.

Wieder waren mir die Worte peinlich und ich wollte einlenken, wollte sagen: »Ist ja gut, Mütterchen, erzähle doch lieber von dir, du wirst ja bald neunzig!« Aber sie wollte eines noch aussprechen, um dessentwillen sie doch alles Vorangegangene gesagt hatte. Sie sagte: »Und schau, was aus dem Jungen geworden ist! Er schreibt Bücher und hält in der ganzen Welt Vorträge – unglaublich! Ich muss seine ›Büchelchen‹ dreimal lesen, bis ich sie verstehe.« Ich wollte einwerfen, dass ich keine »Büchelchen« schreibe, aber Mutter ließ sich nicht unterbrechen. Ich wollte sie ablenken, indem ich wiederholte: »Erzähl lieber von dir selbst! Du wirst doch bald neunzig, Mütterchen.« Aber sie ließ sich auch mit neunzig nicht ablenken. »Er schreibt Bücher, die ich nicht verstehe!«, sagte sie. »*Das* ist aus dem Kind geworden, das sich weigerte zu leben.« Für die neunzigjährige Mutter schien es eine höchstmögliche Steigerung meiner Lebenskurve zu sein.

»Aber erzähle einmal von dir selbst«, drängte ich sie, als sich ihr Zimmer im Altenheim mit immer mehr Verwandten füllte. »Du bist doch jetzt neunzig.«

»Erst am nächsten Donnerstag!«, entgegnete sie. »Wir müssen uns noch gedulden. So schnell werdet ihr mich nicht feiern können«, schmunzelte sie.

Sie erzählte weiter von mir und vermied ihre eigene Geschichte, vielleicht weil beim Erzählen wieder »diese alten Geschichten« hochkommen würden und dann käme sie nicht mehr von ihnen los.

Doch als zum Geburtstagsfest ihr um sechs oder sieben Jahre jüngerer Bruder erschien, da öffneten sich auf einmal die alten Geschichten wie Fallschirme, die langsam zur Erde schweben. Ihr Bruder saß seit einem halben Jahr auch im Rollstuhl. Er sprach kaum mehr, hing schief und schlapp im Stuhl, ließ den Kopf willenlos zur Seite pendeln und blieb stumm. Wie kam es nur, dass dieser energische, vitale, oft bestimmende Mensch in sich zusammengesunken war wie verbranntes Holz? Die Ärzte hatten Erklärungen, die sie mit Fachausdrücken belegten, doch ich verstand es nicht.

Als meine Mutter ihren Bruder, unter dem sie als jüngeres Mädchen hatte leiden müssen (wie uns immer dramatisch geschildert worden war), im Rollstuhl sitzen sah, begann sie plötzlich beim Festessen und dann am Abend und am nächsten Vormittag ihre »alten Geschichten« zu erzählen. Ich hörte zu und ermunterte sie. Allerdings hörte ich nur halb zu, denn die andere Hälfte meines Denkens war mit meinen eigenen Geschichten beschäftigt. Hatte ich auch Geschichten zu erzählen?

War wirklich »etwas aus mir geworden«? Hat sich mein Leben mit Geschichten vollgesogen oder habe ich nur meine Bleistifte zu Stummeln heruntergeschrieben?

– Shimla

137

Unsere Gesinnung (*Meister Eckehart*). »Denn Gott sieht nicht an, welches die Werke seien, sondern einzig, welches die Liebe und die Andacht und die Gesinnung in den Werken sei. Ihm ist ja nicht viel an unseren Werken gelegen, als vielmehr nur an unserer Gesinnung in allen unseren Werken und daran, dass wir ihn allein in allen Dingen lieben. Denn der Mensch ist allzu habgierig, dem's an Gott nicht genügt.«

Das soll der Wahlspruch eines jeden Menschen sein, der im aktiven Leben seine Erfüllung sieht. Das Gleichgewicht zwischen Aktion und Kontemplation zu wahren, ist die so unendlich schwierige Aufgabe im religiösen Leben. Das aktive Leben, das sich für andere Menschen einsetzt, ist – so sagen die Meister – entweder die Vorbereitung zum kontemplativen Leben, eine Einübung und Läuterung, oder es ist ein »Überfließen« der Kontemplation, der Gottesliebe in den Dienst an den Menschen, der Liebe zum Menschen.

Wer selbst erfahren hat, wie außergewöhnlich schwierig es ist, Menschen zu »helfen« – und zwar nicht nur Flüchtlingen, Asylanten, Drogensüchtigen, Alkoholikern, Obdachlosen, Kranken, sondern im Alltag jedem Menschen in innerer Offenheit gegenüberzutreten –, der spürt, wie stark die kontemplative Reife sein muss, um dem Ansturm der Probleme standzuhalten. Die Aufgabe besteht darin, die Menschen zu verstehen – ohne sich mit dem eigenen Geltungsbedürfnis einzumischen. Die »Helfer« müssen selbst sehr »entwickelt« sein, und zwar nicht nur kontemplativ, um nachhaltig helfen zu können.

Die angemessenste Haltung ist die demütigste: sich den Menschen zur Verfügung zu stellen, einfach präsent zu sein, ohne von sich zu beanspruchen, »helfen« zu wollen und »helfen« zu können.

Welch ein Trost ist es, dass Meister Eckehart betont, es komme auf das lautere Wollen an, auf die Gesinnung, also nicht auf Ergebnisse und Erfolge. Wollen wir diesen Trost nicht nur beherzigen, wenn unsere Bemühungen fehlschlagen, sondern schon mittendrin im Kampf um die Menschen.

– Shimla

138

Abenteuerleben. Wer Abenteuer sucht, hat das Abenteuer des Alltags noch nicht entdeckt. Wer Bungee springt, hat keine Großmutter im Seniorenheim, die täglich Zuspruch braucht; wer im Wettlauf auf die Gipfel klettert, hat kein Kind zu erziehen; wer vom Nordkap die Welt erleben will, hat keine Krebskrankheit durchzustehen.

Schauen wir nur ein wenig unter die Oberfläche der Dinge, ritzen die Psyche der Menschen, die uns umgeben, lassen unser eigenes Menschsein auf uns wirken, dann konfrontieren uns tausend Herausforderungen. Setze dich ihnen ohne konventionelle Spontanantworten, ohne banales Achselzucken aus – ohne Vorbehalt. Freunde, welches Abenteuer!

– Shimla

139

Das Geschenk, total anwesend zu sein. Seit Jahrzehnten bringe ich bei Besuchen keine Geschenke mit. Diese Konvention des Schenkens lenkt von der Begegnung mit den Menschen, des Gastgebers mit dem Gast, ab. Ein Geschenk ist stets etwas Gemessenes: Es hat soundsoviel Geld gekostet, es ist belehrend oder amüsant, es ist Aufforderung oder Trost. Ein Geschenk muss zunächst dekodifiziert werden. Dagegen ist die Begegnung eine spontane Tätigkeit, gewiss oft mehrdeutig und fließend in ihrem Gehalt, aber frei von der Enge, die ein Geschenk oft umgibt.

Meine Zeit, meine Gegenwart, und zwar meine mentale und emotionale Konzentration, das ist mein Geschenk an den Gastgeber. Da kommt keine Konvention mit, dazu muss ich mich immer neu entschließen.

– Shimla

140

Auf dem Markt. Viele junge Menschen lieben das Getümmel des Bazars. Er setzt ihren Geist in eine angenehme Schwingung, die keinen besonderen Inhalt hat und gerade darum zu nichts herausfordert. Es ist ein Kitzel, der nur zu einem reizt, nämlich zum Verweilen. Das Ichgefühl breitet sich über die gesamte Bazar-Atmosphäre aus und vereinnahmt freundlich die vielen, vielen Leute, die handeln und verkaufen, feilschen und kaufen und prüfend von Stand zu Stand wandern.

Als ich in Indien ankam, erging es mir genauso. Ich liebte es, in der Menge zu wandern. Das hat sich geändert, vielleicht, weil die Persönlichkeit geformter, individualisierter geworden ist und sich nicht mehr der Menge anpassen kann? Jetzt brauche ich Schutzräume, um frei zu atmen, und sei es nur der kleine, aber sichere Sitzplatz im Zug.

– Shimla

141

Nur die Liebe. Wer wahrhaft liebend ist, der wird auch nicht im Halbschlaf den anderen vom Platz drängen und das Wort abschneiden und schadenfroh reden. Bis ins Erdreich des Unterbewussten soll die Liebe langsam und nachhaltig dringen. Dann werden auch die plötzlichen Reaktionen von der Liebe geprägt sein, sogar der Mensch, dem Unrecht geschieht, kann nicht von der Liebe ablassen, nicht einmal im ersten Schrecken, wenn das Ichgefühl angegriffen wird.

Mahatma Gandhi spricht unaufhörlich von der Notwendigkeit, leidfähig zu werden. Leid zu ertragen, und zwar auf allen Ebenen des Menschseins, ist die Voraussetzung zur wahrhaftigen Liebe.

– Shimla

142

Dumm ist ... wer in der Trauer über die vergangene Jugend das Alter vergeudet. Ebenso, wer im Taumel der Jugend glaubt, sie bleibe ewig.

– Shimla

143

Die Weisheit des Staubkorns. »Nach Cusanus und Leibniz ist die Welt durch und durch individualisiert, sodass kein Stäubchen dem anderen gleicht, aber jedes auf seine Weise die ganze Welt widerspiegelt: *In omnibus partibus reluctans totum.* Jedes hat im kosmischen Aufbau seine unersetzliche Stelle.«

Diese zwei Sätze fand ich auf einem Stück Papier, vergilbt, eingerissen und dünn geworden von Hitze und Feuchtigkeit. Ist es ein Zitat, ist es meine Notiz einer Erkenntnis durch die Literatur? Wann habe ich sie geschrieben? Vor dreißig Jahren, vor vierzig Jahren? Wo in Indien habe ich dies notiert?

Das Geheimnis dieser beiden Sätze verbindet sich mit der Rätselhaftigkeit ihrer Quelle. Ich spüre, wie durch die Verborgenheit der Quelle und die Unbestimmbarkeit meiner Niederschrift der kleine Text neu glüht. Eine Dimension kommt hinzu.

Die Aussagen sind radikal unanschaulich, umso mehr beschäftigen sie unsere Fantasie und Sehnsucht. Ach, wäre der Kosmos solcherart wunderbar geordnet und in jedem Teilchen unaustauschbar und unersetzlich! Wie gern glaube ich es, aber sprechen die Erfahrungen der grobstofflichen Welt nicht dagegen? Gewiss, massiv dagegen. Wo sehen wir diese Vision widergespiegelt in Krieg und familiärem Unfrieden, in den Katastrophen des Klimawandels? Umso großartiger sind die Rätsel dieser Vision. Wie die großen Rätsel einer Kathedrale. Wie die Entdeckung einer neuen Primzahl in Milliardenferne.

– Shimla

144

Klimawandel. Die vertrackten Gebote des Umweltschutzes bringen uns Aktivisten in ein Dilemma: Die größten Klimasünder sind nachweislich die Flugzeuge und Autos. In keinem Land wird aktiv an der Reduktion von Flügen gearbeitet. Flugnetze werden ausgebaut, Flugstrecken neu eingerichtet. Der Flugverkehr boomt und die Länder sind stolz auf den »Fortschritt«. Um ihre Botschaft wirkungsvoll in der Bevölkerug zu verankern, kommen die Aktivisten ohne Mobilität nicht aus. Jene, die ihren ökologischen Fußabdruck kleinhalten, verzichten auf Breitenwirkung. Wird ohne massiven medialen Druck ein Wandel möglich sein? Die Gesellschaft ist daran gewöhnt, dass eine Idee nur mit technologischen Mitteln durchzusetzen ist. Ihre Ohren sind nicht mehr fein genug für die stillen Töne in den Wipfeln oberhalb des Gestrüpps medialer Aufregung. Was tun?

– Shimla

145

Wie leben? Befragen wir zum Abschied aus Shimla noch einmal Henry David Thoreau, dessen zweihundersten Geburtstag wir kürzlich feierten. Er schreibt im Tagebuch: »Um heiter und erfolgreich zu leben, müssen wir im Einklang sein mit dem Universum. Der geringste Schaden, den wir bewusst und unnötig irgendeinem Geschöpf zufügen, ist je nach Ausmaß ein Selbstmord. Welchen Frieden oder welches Leben kann ein Mörder haben?«[6]

Es ist Mord *und* Selbstmord. Nur diese Radikalität des Bewusstseins kann uns Hoffnung auf den Fortbestand unserer Erde geben.

– Shimla

146

Schöpfungsmorgen. Eine Erinnerung. Raichok an der Mündung des Ganges. Der Fluss beschwört den Schöpfungsmorgen, an dem »aus dem Nichts« die Schönheit der Welt geboren wurde. Betrachtet man den ätherischen, beinahe immateriellen Morgen über dem Fluss, ist es geradezu undenkbar, er sei aus etwas anderem als dem Reinsten, eben *ex nihilo*, entstanden. Dies ist der

6 Henry David Thoreau: Aus den Tagebüchern 1837-1961. Tewes Verlagsbuchhandlung, Oelde 1996, S.147.

Augenblick nach dem Schöpfungsakt; der Nebelschleier wie die feinen Fäden einer Nachgeburt. In Raichok ist die Ganga mindestens einen Kilometer breit. Der Blick verliert sich, er kann sich nirgendwo festklammern. Welche Wohltat nach dem Bazar, auf dem sich Lärm und Grobheit diktatorisch durchsetzen, als gäbe es nichts anderes.

Mittag. Das jenseitige Ufer tritt auch in der blitzenden Helle nicht aus dem Dunst des Horizonts, wird nirgends farbvoll-plastisch, sondern es verharrt als bläuliche Ahnung. Über dem Wasser jetzt Boote mit aus schmutzigen Säcken zusammengeflickten Segeln. Aber sie treiben wie Prinzessinnen vorüber. Und dann die Schemen der Ozeandampfer, die stromauf zum Hafen gleiten. Ihre Nebelhörner ahmen das Schemenhafte lautlich nach. Dagegen das freundlich-eifrige Tuckern der kleinen Motorboote, die auf Fischfang fahren.

Vom Bungalow beobachte ich die Menschen, die auf dem am Ufer entlangführenden Damm gehen. Ihre Umrisse heben sich vom glitzernden Wasserhintergrund ab. Sie scheinen zu schweben, als seien sie Marionetten, die knapp über dem Erdboden an Fäden gezogen werden.

– Shimla

147

Flieg, Falter flieg! Nahe der Mündung ist die Ganga breit, gemächlich und unpersönlich, als habe sie sich schon ins Meer verabschiedet. Die Fähre ans andere Ufer gleitet zunächst wie auf einem flachen Teich hinaus. Allmählich beginnt sie gegen die Strömung zu stampfen und wird langsamer. Doch selbst weit draußen bleibt die Strömung beinahe unsichtbar, scharf muss man hinschauen, um zu entdecken, in welche Richtung das Wasser fließt. In der Mitte angekommen, sehe ich einen großen und dunklen Schmetterling knapp über der ruhigen Wasseroberfläche kraftvoll die Flügel schlagen.

Kann ein Schmetterling so weit fliegen? Ohne eine Blume zum Ausruhen?

Der Gaukler hält sich minutenlang neben der Fähre, schlägt die Flügel heftig. Er weiß und ich weiß: Wenn die Flügel das Wasser berühren, werden sie schwer und kleben aneinander. Dann mag er eine Weile auf den flachen, freundlichen Wellen schaukeln – und wird bald untergehen. Während die Fähre Tempo gewinnt, flüstere ich: »Flieg, Falter, flieg!«, als wollte ich ihn verzaubern. Bald löst er sich, schon ein schwacher Punkt, im Licht auf.

Wird der Falter das andere Ufer erreichen, die winzige Seele den Kampf gegen das Wasser gewinnen?

– Shimla

Das Gleichgewicht zwischen den Extremen finden

Martin Kämpchen

Vom rechten Maß

21 Schritte zur Lebenskunst

109 Seiten, gebunden, 12,0 x 19,5 cm
ISBN 978-3-89680-877-6

Ob sich Zeit nehmen oder arbeiten, reden oder schweigen, Angst oder Mut: Martin Kämpchen zeigt, dass es die Kunst des rechten Maßes ist, ein Gleichgewicht in unseren Haltungen zu finden, ohne sich in den Extremen zu verirren.

Denn wenn wir versuchen, auf jede Situation eine angemessene Antwort zu finden, greift in uns eine intuitive Sicherheit, eine Souveranität, die uns vor der Undurchsichtigkeit unserer heutigen Welt bewahren kann.

21 Weisheitsgeschichten, die zu einem gelingenden Leben führen.

Bibliografische Information
der Deutschen Nationalbibliothek

Die Deutsche Nationalbibliothek verzeichnet diese
Publikation in der Deutschen Nationalbibliografie.
Detaillierte bibliografische Daten sind im Internet über
http://dnb.d-nb.de abrufbar.

1. Auflage 2019

Lektorat: Marlene Fritsch
Umschlaggestaltung: Finken und Bumiller
Druck und Bindung: CPI Books GmbH, Leck
ISBN 978-3-7365-0282-6

www.vier-tuerme-verlag.de